老いと仲よく

タンポポ

綿毛の心模様

文・絵　太田英恵

中央公論事業出版

目次◎タンポポ――綿毛の心模様

※本文中の引用は、新聞は全て朝日新聞、古典は『講談社学術文庫』（講談社）と『日本の古典をよむ』（小学館）から引用した。

はじめに

若い頃は、人は年を重ねるうちに分別が培われ、老い行く先への心構えが自然に備わって、心穏やかに晩年を過ごせる心境になって行くのだろうなあと、漠然と思っていた。いざ自身が七十歳に手がとどくほどの年齢になってみると、全くの見当違いとわかった。日々ますます、来し方の悔い、健康への不安と相まったとらえどころのない心許《こころもと》なさ、行く末の身の処し方などあれこれ思い患い、心が乱される。この先、この「憂い」は際限もなく膨らみ続けて行くのだろうか。

そんな中で、ふと眺める庭の草木に感慨を覚える。自然の営みに身を添わせ、自然に溶け込んで無心に生きて行けたらなあと、しみじみ思うのである。

春には桜草、夏から秋にはトレニア、インパチェンス、サルビア……。庭のあちこちに色とりどりの花を競う。季節が終わると、それぞれ思い思いの種を名残りに、土へと還って行く。

そして次の春。鉢植えの土に、敷石の周りに、植え込みの間に、あ、こんなところにも。

去年の種たちの愛らしい若芽が、「今年もまた恙《つつが》なく春を迎えられた喜び」を私にもたらしてくれる。

こぼれるどの種もいとおしいけれど、タンポポの種にはひときわ興をそそられる。鮮やかな黄色の、チョウやアブの訪れの時期を過ぎ、一旦息を潜めたあと、もう一度別の花を結ぶ。種の綿毛が身を寄せ合った、ふんわりと丸く白く、花と見まごうばかりの風情である。

盛りの時を過ぎて訪れる、軽々と無心のひととき。しばし穏やかに身をまかせ、それから気に入った風につかまってふわりと舞い上がる。またふわふわと夢心地。風まかせの成り行き次第。


かたよらず、とらわれず、広く広く伸びやかな心で、この先の人生を自然の摂理に委ねて紡いで行きたいと、綿毛を見ていて思うのである。

そして、ひそやかなそのたたずまいに重ね合わせて思う。人生においても、一応の活動期を終えて迎えた今を、心静かに思索に遊び、穏やかに過ごす時期として受け入れられたらいいなと。

とは思うものの、一方では、そんな物わかりのよい、妙にもったいぶった分別など私の柄ではないし、いかにも知ったふうな物言いは、かえって鼻持ちならないように思えて面はゆく、居心地の悪さは逃れられない。

まして、来し方にあれこれ後悔に満ちた私はやはり、そんな風雅な心境にはさせてもらえそうもないのである。

心乱れること、忘れてしまいたいこと、今すぐにも詫びたいことが奔流のように脳裏に去来し、年を重ねるうちに、畳み込まれたもろもろが厚みを増して、安穏を求める心をさいなむ。

「こぼしたミルクを嘆いても仕方がない」と西洋の諺にもあることだし、来し方はともかく、せめて行く末にこれ以上の後悔を積み重ねることのない生き方をと願いつつも、また更なる愚を重ねてしまうことだろう。

でも気を取り直して、私なりの方策を探りながら、この先の人生をよりよく紡いで行く努力をすることにしよう。

老いを迎えられたことにまず感謝

感謝の今日から恙《つつが》なき明日へ

年を重ねるにつれ、月日の流れがより早く感じられ、心急く思いがする。

若い時は、将来は果てしなく続き、先へ、先へと思いを巡らし、希望的展開の中で生きていたように思う。

しかし、老齢期（一応定義上の老齢は六十五歳以上とか）に入ってみると、疑いもなく訪れるであろう限りの時の見当をつけ、逆算して生きているというのが偽らざる実感である。限りある大切な時間と意識すればするほど、あっけなく日は暮れ、今日もまた無為の一日と自己嫌悪に捕われる。

平均寿命と照らし合わせて、この先どんな形で彩って行くのが理想なのかと思案するものの、簡単に答えは見いだせず、夏休みの終わり近くにどっさり宿題が残ってしまっているような焦燥すら覚える。

ともかくも今日という日を生かしてもらっていることに感謝し、恙なき明日を迎えることにつなげていければよしとし、心豊かに生きる方向を目指したいものである。

分別のややこしさ

心豊かに穏やかな日々を、とのはずが、予期せぬ苦悩と出会う。

『老いの超え方』（吉本隆明著）の言葉をお借りすれば、

「思いやりまではいかないのですが、他人がわかるようになる。反省力・内省力の増大というのはお年寄りの特徴だと思います」

反省や内省の結果培われるのが「老いの分別」ではないだろうか。

年を重ねて会得した分別、この分別とやらがやっかいで、恥じ入ることのあれこれを情け容赦もなく記憶の底から引き摺り出す。

若き日に、意気揚々と行動したことが、今の「老いの分別」をもって判断すると、とんえ思わせる。

でもない心得違いだったことに思い至り、考えただけで冷や汗どころか消え入りたいとさ

「徒然草（七段）」に、

「命長ければ辱《はじ》多し。長くとも四十《よそぢ》に足らぬほどにて死なんこそ、目安かるべけれ」

とある。

命が長ければ、それだけ恥をかくことが多い。四十に足らぬくらいで終えたほうが見苦しくない生き方だというのだ。

中世には、人生は六十年とする定命観があったとか。現今の平均寿命から換算すると、当時の四十は六十代あたりといえるだろうか。とすると、私はまさにその時点にいる。

そして、想定される恥を具体的に挙げている。

「容貌への羞恥心がなくなり、人前に出たがり、夕日の傾きかけたような年齢で子孫に執着し、その立身出世してゆく将来を見とどけるまでの長命を念じ、ひたすら俗世間の欲望だけを持ち続けて、情趣もなくなってしまう」という。

私の場合、ここに挙げられたことはこの先自重するとしても、命長らえたがゆえに今になって気づいた恥が心をさいなむ。若気の至りでは済ませられない過ちの数々で、恥の記憶のファイルは膨れ上がる。

世間知らずの非常識。若さゆえの傲慢。大切な人への不義理。高齢者への無理解……。数え上げればきりがない。

とりわけ、見送った老親を含む高齢の人たちの心情、その不安や寂寥《せきりょう》感、肉体の苦痛など、いったいどれほどわかっていただろうか。自分の老いの現実で実感し始めたものの、この先もっと深く身をもって知ることも多かろう。

来し方の途中に散らばっている、当時は気にも留めずにいたことも今頃になって心を悩ます。周囲への不遜な言動、足りなかった感謝……。

この年になってそれらは後悔という形で突きつけられ、いたたまれない心情をどうしたものか。

同じ思いの人、この指とまれ

歓迎しない記憶が、日常の何の関係もない時にふと浮かび、頭を振って無理矢理忘れ、寝入りばなに思い出し、蒲団にもぐって「わぁー」と声を出して打ち消したくなる。

現在の私は、特に不幸と思えるほどの要因はなく、当面の生活にもとりたてて不都合はない。人付き合いもいいほうで、十分楽しめる。趣味を活かした四十年来の活動拠点も健在だ。

なのにどうしてこうもやるせなく、何だか胸塞ぐ思い。

「暮らし向きに不足がないのに、何を贅沢な」ですか？　確かに仰せの通り。

些細なこと一つ気にかかるだけですべてが空しく思えてしまうほどの無力感は何だろう。

うん、そう、どこかに無理がある。

そもそも、「老い」を甘受し、幸せな往生《おうじょう》を下心に、日頃の不行跡をにわかに悔いて、「善い人」にならなきゃいけない、世のため人のために何かをしなくちゃいけない、なんて急に「仏ごころ」を模索しようなんぞ、見え透いていておこがましく、身のほど知らずもほどがあるというもので。

それでもどこかに手立てはあるかと、本をあれこれ手にしてみた。

「老後を賢く生きるスキルを教えてくれる本、老いをポジティブに笑い飛ばす本、不遇を乗り越えた実体験で勇気を掻き立ててくれる本その他、それぞれ心に沁みて得心するのだけれど、何か隙間が埋まらないの」

と友人に言ったところ、

「端的にいえば親身な連帯感の渇望。十分やってきたんだから、もうそんなにがんばるのはやめようよって言ってほしいだけ。そういうこと」

大企業のキャリアウーマンとして定年までうらやましいほど公私とも充実していると見えた彼女が、ふと漏らした言葉。彼女なりの葛藤はあるんだ。揺らいでいるのは、私だけじゃないんだ。

老年期ブルーか、はたまた初老メランコリーか。何にしろ、弱さを外に出さないと先に進めないような気がする。

私のように、もやもやとしたものを抱え込んでしまっている人、「この指とまれ」。いわば、まだ老いの初心者で戸惑うことも多いのは当たり前。よくぞ今日まで無事に生かしていただいてと、まず感謝し、この先長そうだから、心に辛いことはうまくいなし、身近な小さな幸せを目を凝らして探しながら、老いの熟達を目指すというのどうでしょうか。

自分で自分にエールを送りながら、ともかくも前向きに、前向きにと。

「老い」と仲良く

いつの間にやら私も……

日本人の二〇〇九年の平均寿命は女性八十六歳（世界一）、男性七十九歳となった。とすると、この私は現在六十代後半だから、欲目に考えればあと二十年ほどは存命という計算になる。二十年といいうけれど、生まれてから二十歳になるまでと、七十〜九十歳までの二十年との違いは大変なもので、片やこれから開花を待つもの、こなた「老い」という状態を抱えての二十年間ということになる。

それに加えて、この私、大手術やら数度の入院生活経験やらの要因を考え合わせると、心身ともに健康で天寿を全うできるかどうか、かなり自信が揺らぐ。

ひとまず希望的楽観に視点を置こう。

それはさておき、そもそも人はどんな風に「もう若くはないのだ」と、「老い」を現実として実感するのだろうか。

自分の見かけは本当のところわからない。自分を一番知らないのは自分。自分を客観視できないわけだから、鏡を覗き込み、「まだそう悲観するほどでもないかな?」と、鏡の中の虚像にすがって一喜一憂したりする。

考えようによっては、真実がわからないから絶望せずにいられると、自分自身を客観視できないように私たちを作り給うた神様に感謝したいと思う。

こんなことをゴチャゴチャ考えている今、この瞬間、まさに「老い」にこだわっているわけで、まぎれもなく私は老人なのだ。

私、六十八歳。「もう年だから」とか「年のせいで」とか自虐的に言ってはいるものの、心の底では覚悟ができていない。

多分、心情的には「老人」とよばれることに少なからぬ抵抗を覚える微妙な年代なのではないだろうか。

もちろんキラキラとした若い人を見てまぶしいと思わないわけではない。でもその一方で、「わたしだって若い時は、こう見えてもけっこうウグイスを通わせたものよ」と、誰も見ていたわけじゃなし、口に出して言わなきゃ害はなしと、心の中で、若い女性のファッションに、「スカート短かすぎない?」「まつげ、重くない? 塗りすぎ」と、意地悪目線に磨きをかけ、気持ちを高揚させる。これも「老い」の症状……かも。うん、確かにそう。だからといって、若い時に戻りたい? と、聞かれたら、答えは迷わず、「Ｎｏ」。負け惜しみではなく、本当にそう思う。

(無理にでもそう思わないと、絶望だけ抱えてしまいそうで、目をそむけているだけかも知れないが)

培った知識と経験(自慢するほどたいしたものではないけれど)、家族、友人、知人、沢山の思い出、全部をひっくるめた今、今が一番いとおしい。何物にも代えがたいと本当に思っている。この刹那《せつな》、次の一瞬を迎え、その一瞬がさらにプラスされ、積み重なってさらに深みを増した人生が紡ぎ出される。自分も、またとりまくすべてのものがとどまることなく変化し続けることへの期待と楽しみ。寿命の残量と引き換えながら、六十九、七十と、ずっとこの先も増幅され、心地よいことも悪いこともすべてをあるがままに引き受け、荷物にならない宝物を身の内に温めてゆく。まだ経験していない未知の「老い」を貪欲に味わいつつ、願わくば、最後の刹那までじっくりと満喫するくらいの気持ちの余裕を持ち続けられたらどんなにいいかなあと思う。

かの兼好法師がおっしゃるには（『徒然草（第百二十三段）』）、人間の身として、やめようにもやめられないで営むものは第一に食物、第二に着るもの、第三に居る所、人間の重要事はこの三つ以外はない。飢えず、寒からず、風雨におかされず静かに日を送るのが人間の楽しみである。ただし、病気の苦悩は耐え難い。以上の三つに治療のための薬を加えて、これら四つのことを手に入れないのを貧乏とする。これら四つのことに不足しないのを富むということにする。この四つ以外のものを求めてあくせくするのを贅沢とする、とある。

仰せの通りで、身のほどを過ぎたグルメやおかいこぐるみの着道楽も、お手入れ大変な邸宅はもともと縁はないけれど、露命をつなぐ程度の前述の四つに加えて、いくばくかの時間を心地よく一緒に過ごしてくれる「人との絆」があればいうことはない。

人との絆、袖擦り合うも何とやら

「心地よく過ごす」といっても、家族や友人と、「仲良きことは美しき哉《かな》」とばかりのべつべったり、というのとはいささか趣の違う「人との絆」というのがいい。

何年か前、年齢に見合った「社会との関わり」を模索していたら、折りしも、友人がガイド講座の募集記事を持ってやってきた。彼女は私とおない年。

「これ、面白そう。ご一緒にどう？」と誘われた。ちょっと気持ちが揺れたけれど、いや、待てよ。最後までやり通せるかどうか冷静に考えないと。

「私、お勉強は苦手なので遠慮しておくわ。あなたも神経痛がどうとかって言っていたでしょ。無理、無理」

「ガイド。なにやら知的な香りがするし、他人様のお役にたつという甘美な満足感。自然の中を史跡を求めて逍遥するというのも悪くないし……」

「動機がうわついている。もっと地道なものだと思うけどね。よく考えたほうがいい。反対はしないけど」

彼女はもうすっかりその気になっている。

「ともかく参加してみるわ」

「どんなガイドを目指すの？」

「訪れた人に楽しく過ごしてもらい、心の疲れた時など、ふと、『また訪れてみたいな』と思われるような思い出の場所作りのお手伝いをしよう思うの」

なるほど。思い出の場所作りかあ。

私にも、身をもってそんな体験をしたことがある。

十数年ほど前、スペインの村に家族と愛犬連れで住んだことがあった。

買い物の仕方は？　役所の場所は？　愛犬の予防注射は？　すべて人に聞くしかない。そのたびに受けた厚意あふれる笑顔と親切のおかげで、その村は終生忘れられない懐かしい場所として私の心にしっかり刻み込まれた。

「『あの場所がいつまでも変わらずにいてほしい』。訪れた人にそう思ってもらえるような、人との交流も体験しようと思う」

と付け加えた。

確かに考えは悪くない。

「もし、参加したら、様子を逐一聞かせてね」

かくの如く理想は高く、いざ……

そして、彼女は講座に参加し、彼女のいう「汗と涙の奮闘」が始まった。彼女の体験談はこんな具合だ。

「講座一日目。午前の講義が終わり、午後は現地研修。そして早くも最初の戸惑いと出合った。午後の指定集合地までの交通機関の道順を思いながら、特に深い意味もなく、気軽に傍らの男性に聞いてみた。

『どんなアクセスでいらっしゃいます?』

『歩いて行きます』

『? 歩く? んですか?』

『そう。道を歩かなければ現地研修の意味がないじゃないですか』

と、軽くいなされた。まさか。冗談でしょう? 丘陵を越えたかなりの距離である。そして、彼はバスで行った私より先にちゃんと到着していた。思ってもみない発想に出合い、私の意気込みは初日から揺らぎ始めたの」と彼女。

「最初の日から挫折感? この先思いやられるわね」

その時、清少納言は

彼女が言う。

「寺社の裏山の苔むした宝篋印塔《ほうきょういんとう》や角の丸くなった判読困難な石碑の数々。また、お寺の鎮守の神社は決まって急な階段の上にある。

それらを一つずつ見学することなど考えてもみなかった。

足場の悪い坂や小道、石段などをあえぎあえぎ、息絶え絶えに皆のあとを遅れまいと必死について行くのがやっとの私に引きかえ、階段を上りきってそのままの足取りで歩を進めて行く講座の仲間の人たちの背中を追いながら、そういえば『枕草子』に似たような光景があったなあ……、なんて急に頭に浮かんだりして」

第百五十二段。「うらやましげなるもの」の中、「稲荷に思いおこして詣でたるに……」、稲荷の社に思い立って参詣した時に、むやみに苦しいのを我慢して坂を登ったのだが、いささかの苦しげもなく後からやってきた人たちがどんどん先に立って、参詣するのはとてもすばらしいと、清少納言。

「出発の時点では講座の皆と同じ歩調でいたはずなのに、どうしたわけかだんだん遅れてしまうの」

「皆さん、あなたよりお若いのでしょう？」

さらに清少納言は続ける。

坂の半分くらいのところで、だんだん暑くなって本当にやりきれない気持ちで、「ちょうどよい日もあろうに、なんだってこんな暑い日に来たのだろう」と涙までこぼれ、ぐったりしていると、四十すぎの女で、ただ着物の裾《すそ》をたくし上げただけのみなりで、「七度詣で（一日のうちに七度詣でる）で、三度は終え、あと四度は苦になりません。午後二時頃には帰れましょう」と、道で出会った人に言って坂を下りていった。それを目にし、普段は目にもとまるはずのない些細なことだが、この時ばかりはこの女の身に今すぐなりたいものとまで感じた、とある。

「宮中での生活はほとんど座っているか（正座ではなく緋袴と袿《うちぎ》を重ねた下ではけっこう自由な座り方をしていたようだが）、何かにもたれかかっているか、横になっているかで、出かける時は牛車だし、三十そこそことはいえ、なれない坂歩きはさぞかし大儀なことであったろうと思うわ」と彼女。

「普段の生活を考えれば、山歩きはおろかハイキングも無縁。ちょっとの距離も車で楽して生活しているから、急に歩こうなんて殊勝なことを思い立っても、体は正直なものよね」

「以前読んだ時には他人事だったけど、今は身に沁《し》みて清少納言が身近に感じられ、親しみさえ覚えるわ」

持つべきものは

さらに彼女が続ける。

「切り通し巡りも厳しい。もともと険しい条件下の山を切り開いて道にしたのだから、覚悟はしていたものの、なれない坂の上り下りでつま先はジンジンと痛むし、剝き出しの木の根につまずきそうになりながら、だらだらと続く道を、こんなところではぐれたら大変だと、必死にこなしたの。

その何日か後、所用で電車に乗った時、向かいの席の娘さんの足もとに目がいった。ゴールドのミュールに紅いペディキュアがキュート。かわいい。今はいろんなおしゃれができていいなあ。私の若い頃は足どころか手のマニキュアだって、不良といわれたものと、なんとはなしに私の足に目を落とすと、あれ？オープントウから覗くつま先にワインカラーのペディキュアが。

覚えがない……。一瞬うろたえ、はたと気づいた。かなりきつい行程だったけど、やっぱり爪、死んじゃったんだ。しかも四本も変色しちゃって……。情けないったらないわ」

「思わず笑って、やがて悲しきなんとやらってところね。誰かにたよるわけにもいかないし、孤軍奮闘してがんばっているのね」

私にも似た経験があり、身につまされた。

一昔前、スペインの大学の語学講座に出席したことがあった。十数名の欧米の若者たちの中で五十歳の高齢者は私ひとり。そのうえ、東洋人ゆえの言葉のハンディは大きい（欧米人は言語が似通っているから習得ははるかに有利だ）。移動や集合場所の指示なども、もたついてばかり。急な行事の変更など聞き取れずアタフタ。市街見学の時も、長い足でスタスタと歩く彼らに追いつくのにいつも小走りの私。

クラスにいた十九歳の美形のロンドンっ子は、どこにいてもドアを開けて私を先に送り出し、教室は必ず私の後から出、校外見学では迷子にならぬようそれとなく誘導。それらをごく自然に間合いをとって振る舞うので数日気づかずにいた。が、年配の女性に対する彼の気配りにハッと気づいた時、「これぞ幼い頃から育まれた紳士の国のジェントルマンのたしなみ」と、涙が出るほど感動してしまった。

話は戻るが、足場の悪い山路や転落しそうな崖っぷちで、彼女は、かの国に劣らぬ、日出ずる国のフェミニストの皆様に気遣ってもらい、「『持つべきものは友』で、心優しい男性たちは頼もしき存在である。特に老い行く身にとっては」と実感したとか。

まさかの災難（ハチ）

体力差からくる自信喪失に加えて、彼女は思わぬ災難に見舞われた。名刹《めいさつ》の裏山でスズメバチに刺された。

ハチは低空飛行で忍び寄り、膝関節の裏側を刺していった。痛いというより、草のトゲが触れたかな、程度だったが、引率の先輩に「大事をとって、医者に行くように」と指示され、ひとりで病院に向かった。

聞くところによれば、ハチは人によりアレルギー反応があり、あなどれないそう。

「心配なのは、ハチに一度刺されると免疫の働きで体内にハチ毒の抗体ができ、二度目以降はアレルギー反応が起き、重症の場合は死に至るんですって」と彼女。

「とすると、今後はハチにおびえながら生きてゆくわけ?」

「そう。この年になってあらたに憂鬱の種を抱え込んでしまったと、気が滅入ったわ。三十分ほど歩いてようやく病院に着き、受付を済ますと看護師さんが『動悸《どうき》、息苦しさなどがないか』と尋ね、『ない』と言ったら、それから二時間ほど待たされた。

ようやく診察となり、医師が、

『ハチの種類は?』

『茶っぽい黄色ですごく大きくて、栗の実くらいの大きさでした、本当です』

『そんな大きいのはいないなあ。このあたりではキイロスズメバチかなあ』

軟膏を塗ってガーゼを当ててくれた。

『だいぶ腫れて痛いのですが、この先どうなるのでしょうか』と、聞くと、

『刺されてから三時間くらい経ってる？　じゃ、もう毒が回っているから、ま、今がピーク』

『二度刺されると死ぬって聞いたんですけど……』

『そういう人もいるっていうこと』

『この次刺されたら救急車で来る必要がありますか？　刺されたらどうしたらいいんでしょうか？』必死で質問した。ことによると生死に関わるのだから私にとっては大問題。

素っ気なく医師の一言。

『刺されないこと』、ですって。

質問の答えにはなっていないじゃない。もうちょっと親身になってくれてもよかろうに。

若いお嬢さんの美しい足の場合だったらもっと親切なのよ、きっと」と彼女。

「今昔物語集（巻第一一）」の久米の仙人の話だが、修業の末、空を飛べるようになった仙人が飛行中に、吉野川で「衣の裾をたくし上げて物洗う女の脛《はぎ》の白きを見て」神通力を失い墜落してしまったとか。

「天皇から税を免除された免田を与えられ、久米寺を建立したほどの久米の仙人だって、ふと迷ったことがあるのだから、まして俗世間のこと、そのくらいの差別は人情として、

まあ、目くじら立てるほどのことでもないんじゃないの？」

「それはともかく、足はだんだん腫れて歩くのも辛く、保険証を携帯せず、実費だったのでタクシー代はなく、バス停は見当たらずで、身の不運を嘆きながら三十分ほど歩いてようやく家にたどり着いた。

午後二時頃に先生にピークと言われたのに、その夜は脹《ふく》ら脛《はぎ》全体が熱をもって腫れ上がり、膝は曲がらなくなり、階段は這って上がった。

翌朝、脹ら脛全体が赤紫色に変色し、腫れも引く様子がないので馴染みの医院を訪れた。過敏体質とのことで、消炎剤やらアレルギー剤やら服用し数日でなんとか治まったけど」

「庭の手入れ時や山歩きを楽しむのにも気をつけないとね」

「新聞の医療相談記事での医師の説明は、過去に同種のハチに刺されていると『アナフィラキシー』というアレルギー反応が起きる。ハチ毒の重いショック症状での死亡は日本で年間二十～三十人と多い。万一刺されたら、安静にし、吐き気や皮膚症状などが出たらすぐに医療機関に連れて行ってもらうこと。

そして医師のアドバイス。最善の策は、やはり、『刺されないこと』、ですって」

「手当をしてくれた医師に、不親切だと八つ当たり的不満を持ったでしょうけど、照らし合わせれば適切に的を射た回答をしてくれたわけで、すごく説得力があると思う」

というのは、かの法然上人様も確か、かように仰せられた。

「徒然草（第三十九段）」「或人、法然上人に……」

ある人が、法然上人に「念仏の時眠気におそわれて勤行を怠ることがございます。どうやってこの妨げをなくしましょうか」と申し上げると、上人は「目の覚めている間、念仏しなさい」とお答えになったのは、大変尊いことである、と兼好法師は結んでいる。

「覚醒時には睡魔はない」

然り。

「刺されぬかぎり憂いはない」

然り。

わかりきったことをと、不服に思ってはならない。ものごとの真髄は極めてシンプルなのである。

更なるピンチ

錆びかけた脳細胞を総動員して彼女は答案紙に向かうこととなった。

「開講そうそう、『講座の成果測定を三回実施します』と告げられていた。つまり、試験があるってこと。

『知るを楽しむ』の心意気でいるし、それなりに気合いを入れて向き合っている。答えはいわばクイズの延長と思えばいいし、体力の自信はまるでないが、クイズの勘の冴えならちょっと自信があるし」と彼女。

「多少の難問でも明解に一刀両断、快刀乱麻、ま、そこそこいけそうと軽く受け流すつもりだったのね」

「三月。一回目。

『あら、どうしましょう。こんなはずでは……』

『さあ、どこからなりと……』と余裕綽々《しゃくしゃく》に伝家の宝刀ならぬ筆記具を引き寄せ解答用紙に立ち向かったものの、『快刀乱麻』どころか『解答乱脈』。私の記憶力の切れ味たるや、『抜けば玉散る氷の刃』ならぬ『抜けば錆び散る赤鰯《いわし》』とやら、思い出そうともがけばもがくほどジャリジャリと頭の中は不協和音で『抜き差しならぬ』きしみ状態。押せども引けども答えは浮かんでこない。確かに覚えたはずのものが記憶の底深く沈み、浮上しない。記憶したと確かに認識はしているが、老化とともに、それを手繰《たぐ》り寄せて再生するという能力が著しく低下しているうえに、近頃何かと横着になり、物事を曖昧に都合よくとらえる習性がついていて、正確に記憶する努力をしていない。

『それを知っている』ということと、『正確に記憶して確実に再生できる』ということの違いの大きさにその時気づいた。

『年を経し記憶の乱れの苦しさにガイドの夢はほころびにけり』の心境」と彼女。

「衣川《ころもがわ》の館の痛恨には遠く及ばぬまでも、『こんなはずじゃ』と先刻までの自信はどこへやら、ってところね」


「初夏。二回目。

同じ過ちは繰り返さない。今回の対策として、『無理に詰め込んでも思い出せなければ意味がない』をキーワードに、許容範囲を制限しよう。年を考えれば、記憶力に期待は持てず、身の丈に合わせた目標ラインに到達すればよしとする。独断と偏見で、資料の重要度をグレードで分け、山をかけることにした。結果、かけた山が見事にはずれ、

『山か（駆）けて谷に落ちたるウサギかな』

あわれなウサギとなりはてた」と彼女。

「ということは、前回でほころびたガイドの夢は、今回さらに、実朝《さねとも》の歌の、大海の波よろしく、割《わ》れて砕けて割《さ》けてちるかも、と、相成ったという次第？」

「年末。三回目。

もう、へたな小細工でしのごうなどと考えることはやめにした。

主婦業をかなり犠牲にしてもしっかり取り組んで納得のいく成果をあげたいものと、気持ちだけは健気に、

『このたびは家事も取り散らし、臨めども』残念ながら、

『にわかの知識、闇のまにまに』に終わった」と彼女。

「奮闘努力の甲斐もなく無条件降伏？」

「まさかそこまではいかないけれど、空欄だらけの答案紙を前にして、やれることといえば、『このたびは……（菅家）』と、語呂合わせに気を紛らわせ、滅入る気持ちを立て直したわ」

結果はともあれ、想像を遥かに超えた、老化に伴う記憶力と体力の衰えの現実をまざまざと突き付けられた一連の出来事であったとか。

がんばらない、励まさない

がんばらない

「無事に終了したんですって？　いよいよガイド・デビューね。おめでとう」

「その話題、正直言うと触れてほしくない」と、彼女。

「え？　どうして？　あんなに一生懸命やってたのに」

「坂道や階段で、息切れしながら説明どころか、足取りも危なげなガイド姿。参加者に『大丈夫ですか？』なんて声を掛けられたらもう、何のためにいるのかわからないでしょ。思い浮かべただけで逃げ出したくなる。おまけに神経痛の持病が時々顔を出すし」

「急に弱気になっちゃってどうしたの？」

「やるかどうか思案中なの。人前に立つからにはそれなりの体裁というものがあり、あくせくと、なりふり構わずがんばるのではどうも痛々しい。内心どうあれ、人前では見栄を張るやせ我慢を貫き、精一杯『みてくれ』にこだわる、心ときめく緊張感を持っていたいと思うのよ」

「でも、真摯に尽力している姿は、別の意味で感銘を与えることもあるでしょう？」

「もちろんそうだけど、お世辞の勘違いはみじめだし、崖っぷちの悲壮感を見透かされているようでなんだかとにかく気が進まない」

「それって、単に自意識過剰なだけじゃない」

「言われてみればそうだけど」

彼女の気持ちもわからないではない。

それと併せて、思い出すことがある。

幼い頃、一時同居していた明治生まれの叔母は、何くれとなく私に教えてくれた。「畳の歩き方、座り方」から、「御不浄（お手洗い）の落とし紙（トイレットペーパー）の使い方」にまで及ぶ。

「女の子はね、お小水をする時は、鈴を鳴らすような音でするのですよ」

女性として、のお作法だとか。

その叔母が常日頃、「人様に余裕のない姿を見られるのは慎みがない」と言っていた。昔は（戦後しばらく）電話は普及しておらず、突然の来客が多かった。商店の御用聞き、隣近所のお付き合いまで含めるとかなりになる。玄関で「ごめんください」の声がすると、叔母はどんなに忙しくしていても割烹着《かっぽうぎ》を外し、鏡台の前で手早く身なりを確かめ、呼吸を整えて今まで何事もなかったようにゆっくりと出向き、玄関の上がり框《かまち》に膝をついて応対をする。母もそうだった。

エプロン姿のまま息せき切って走り出て、せわしない様子を見せるなどもってのほかで、とてもはしたないことなんだそうだ。

明治生まれの女性たちの毅然とした心意気もさることながら、その根底は相手を大切に思う行為の表れと思う。

「ゆとり」を持って接することで、片手間でなく「真剣にお相手をさせていただく心遣い」が、つまり、「おもてなし」の心である。

するとやはり、遠来のお客様に期待はずれの姿をさらすのは彼女ならずとも避けたいと思うのは自然と思う。

自分では十分はつらつと年齢を感じさせない振る舞いをしているつもりでも、はたから見れば、それがかえってはらはらと気をもみ、時には鬱陶しく思える場合もなきにしても。

平実盛は七十を過ぎて戦場に赴いた時、白髪やひげを染めて出た（「平家物語」）。常日頃、「六十を過ぎて戦いに向かう時は、ビンやヒゲを黒く染めて若々しくしようと思う。そのわけは、若い殿方たちと競って先駆けしようとするのはおとなげないし、また老武者だといって人にあなどられるのも悔しいことであろう」と話していたとある。

信念を通すための気骨の裏の、周囲への気配りが床しく思える。

それらを照らし合わせれば、身のほどを知って、必要以上にがんばるのはやめようという選択はある。

兼好法師が「徒然草（第九十八段）」で、尊い聖《ひじり》が言い残したことを書き付けて、「一《いち》言芳談《ごんほうだん》」とかいう名をつけた草子を見て、共感した言葉の一つに挙げているのは、「しようか、せずにおこうかと思うことは、概してしないほうがよいのだ」とある。

いずれにしても、ただがんばればいいというものではない。

「つまるところ、ああだこうだと、言い訳はいっぱい思いつく。理屈を並べたところで結局、年とともにとみに増してきた横着さを露呈しただけのような気がしないでもない」と彼女。

「気持ちに素直なのがなにより。この際がんばるのなしね」

軽々しく励ましたところでどうなるものでもない。彼女なりの心積もりがちゃんとあるはずだから。

励まさない

「論語」の中で孔子曰く、「我十有五にして学に志す。……六十にして耳順《みみしたが》う……」。たゆまざる学問修業の末、七十三歳で一生を終えた孔子様がおっしゃるには、「六十歳にして人の言うことが素直に理解できるようになった」とある。

六十歳は「耳順の年」とかで、六十歳にして自分の価値観を持ちながらも、相手の意見も素直に心に了解できるようになったということだが、孔子様でさえ六十歳にして到達した境地なのだから、凡人の身にはたやすいことではない。

歳を重ねるにつけ、この「素直に受け入れる」ということが、思考の柔軟さと寛容さを失ってきているのだから、なおさら難しい。

我が身に照らし合わせても、動作や反応が鈍った分、自分の思いを相手にわかってもらおうと気持ちはせっかちになる。そのくせ人の話をじっくり聞くのは億劫で、面倒なことは曖昧に先延ばしにする。まさに、「わがまま老人街道まっしぐら」ではないか。

では、先人はどうしたのだろうか。江戸の町衆の言葉を借りれば（『江戸の繁盛しぐさ』

越川禮子著）、江戸の町衆は年齢に応じたしぐさを見取り合って優雅に暮らしていた、とある。

耳順時代の「江戸しぐさ」は「畳の上で死にたいと思ってはならぬ」「己は気息奄々《きそくえんえん》、息絶え絶えのありさまでも他人を勇気づけよ」「若衆（若もの）を笑わせるよう心がけよ」だったという。

六十歳を越えたらはつらつと生き、慈しみとユーモアの精神を忘れぬよう心がけていたということだ。

六十歳ともなれば、まだどうにか無理のきく体力を残し、それなりの経験に基づく気概もあろうが、それは脇において次の世代を謙虚さをもって見守り、培った経験、見識を振りかざすことなく、人の話に耳を傾け、受け入れる柔軟さを心がけよということらしい。

この「謙虚」というのがすこぶる難しい。

「徒然草」で、兼好法師が謙虚の美徳について個性的に論じているのが興味深い（百六十七～百六十八段）。

「知らないことをしたり顔で、いい年をした、誰も反発しにくいような人が持論を述べるのを、『そうでもない』と思いながら聞いているのはじつにやりきれない」とあるのは、「そうそう」と、思わず頷《うなず》いてしまう。

実生活でも、年長の方から健康法やら生活信条とやらを、熱心に進言していただくのは少々気が重い。私の年に足らぬほどの人が軽い気持ちで「がんばってね」などと元気づけ、励ましてくれるのも、ある意味対処に戸惑う。

思いやってくれる気持ちを謙虚に感謝すればいいのでしょうけれど、歳を重ねた分余計に、年齢・体力・体調・諸般の事情の要素が絡まり合って、いろいろあるのよ。

最近、新聞紙上に心に残る記事があった。緩和医療に取り組む小澤竹俊先生の言葉である。「苦しみに向き合う患者さんに『心配事があって』と言われたら『心配事があるのですね』と反復してみる。『そうなんです』と返してくれたら、相手が『共感を得られた』と思えたサインです。他者の苦しみを百パーセント理解することはできなくても、苦しむ人にとっての理解者になることはできます」

助言でなく、共感を示す「理解者」に、という主旨である。

理解者として「心に寄り添ってくれる」安堵感は、どんな励ましの言葉よりも、苦しみと向き合う人を優しく包み込んでくれそうだ。

一人で歩くお遍路でも「同行二人《どうぎょうににん》」。弘法大師様がいつも一緒と思う旅は安穏であろう。かくして私は、助言でなく理解を念頭に、「安易に人を励まさない」分別を持とうと思うのである。

特に、長い人生を重ねた人には、日常のささいなことでも、内に秘める思いの成り立ちはもとより、環境も立場も違うのだから、若い時と違った気配り、「励まさない気配り」つまり、他人の心情に踏み込まない謙虚さ、も必要なのではないだろうか。

どんなに励まされても、「ちっともがんばれない私」が言ったところで説得力はなさそうだが。

たまにはゆるりと

ガイドを志していた彼女は、

「結局、とても残念だけれども諦めた。当初の志からすると、何ともお粗末な顚末で恥じ入る次第だけど、学んだことは多かった。

後悔を残さぬよう、何か私なりの、『けじめ』をつけないことには、せっかく思い立って始めたことを投げ出したようで……」

「別に無理に意味づけをしなくても、今まで通りでいいと思う。いつものように四季折々友人たちの遊び歩きのお付き合いをすればいいじゃない。『ガイド』の知識もあるに越したことはないし」

正しい知識に裏付けされたガイドの行き届いた説明に耳を傾け、歴史の表舞台で活躍した公家や武将たちの栄枯盛衰に諸行無常の感慨を嚙みしめ、歴史のドラマをイメージしつつ、静謐《せいひつ》な寺院のたたずまいの緑豊かな地を歩く。それは非常に意義深く、より多くの人にその醍醐味を堪能してもらいたいと思う。

他方、私を含む年配の女性たちは、「物見遊山気分で楽しい一日を」という人も案外多いのではなかろうか。

でもここで考慮を要するのは、私たちの世代になると、いろいろ好みが分かれる。

「特別なことはないのよ」といいながら、

「たまのお出かけですもの。リュックスタイルはちょっと……」

「気のあった友人たちと気ままなおしゃべりが楽しみ」

「食事はレストランでゆっくり」

「体に負担のないほどよい散策。現地までの往復だけで疲れるのだから」

「歴史の知識も曖昧だから、熱心に語られてもわからない……」

「あまり、ネガティブな史跡は気が乗らないし……」

「階段は苦手だし……」

「お土産を買って、家族との夕食に間に合うように帰りたい」

と、きりがない。

つまるところ、私も私の友人たち（東京・埼玉在住）も、時々は老人、時々はまだまだと、適当感の中にいるわけで、迷子になる心配がなく、時間管理もお任せできる「案内人」の存在があればいいくらいのところかと思う。

こんど私も彼女に案内してもらおう。

たまにはゆるりと散策を楽しむのもいい。

私のお気に入り散歩

私の一番好きなのは「探梅」。

梅の木はそれこそ何処にでもあり、場所はその時に気の向く所でよい。

早咲きの梅を探すくらいの頃。「ちょっと早すぎたかな」と惜しいような気分を抱えてというあたりがいい。

四季折々の行事、花の頃、夏の海、観光客で一年中賑わう中で、束の間、人影が引く時期でもある。

「花は櫻木、人は武士」と、一般的に花といえば桜。咲くにつけ、散るにつけ、心が騒ぐのは私も同じ。

でも近頃、梅の風情が捨て難く思えるようなったのは、歳を重ねたせいだろうか。西行法師に「願はくは花の下にて春死なん……」とまで思わせた桜の持つ華やぎは、誇らしいような気持ちの高まりを誘い、気圧《けお》される美の極致が存在し、咲くも散るも積極的に関わる元気（エネルギー）がこちらにも必要な気がする。

それに引き替え、梅は向こうからそっと近寄って来てくれる。暗闇の中でも、物陰にいても、おずおずと包み込んでくれるのは香りのせいと思うのである。

「人はいさ心も知らずふるさとは花ぞ昔の香ににほひける（人はさあ、どうであろうか、心の中はわからない。でも昔なじみのこの里は、梅の花は以前のままの香りで咲いていることだ）」（紀貫之「古今和歌集」）

梅の香は妖しく、時になつかしく、心の琴線にふれてくるようである。

各時代の貴人たちの格調高い歌の床しさもさることながら、ずっと下った江戸時代の俳句の中で私が好きな句は、

「むめ一輪一りんほどのあたたかさ（梅が一輪咲いた。その一輪の花につつましくもほのかな春の暖かさを感じることだなあ）」（嵐雪）

六十代も終わりに近づくと、一日一日がとてもいとおしく大切に思えるようになった。

一輪の梅に、また今年もこうして恙なく春を迎えることができた感謝の思いを託す。

明日また別の一輪が、また一輪、その刹那の積み重ねにこれからの生き方を重ね合わせ、この先の人生をきれいに紡いで行きたいという思いに駆られるのである。

そうだ、彼女を探梅に誘ってみよう。

老人初心者

熟達を目指して

「光陰矢の如し」「一寸の光陰軽んずべからず」など、歳月の流れの早さを諭した言葉はあまたある。

先人の教えを決して軽んじたわけではなく、ことさらに「池塘春草《ちとうしゅんそう》の夢」を徒《いたずら》に貪ったつもりもないのだけれど、気がつくとはや、老境に足を踏み入れ、気のせいか年々その足並みも早くなって行くように感じるのは私だけだろうか。

「刹那は知覚できない時間だが、これが継続していけば死の時期はたちまちやってくる」と兼好法師は「徒然草（百八段）」に書いている。

新聞紙上にも、刹那ごとの点滅の連続を「時の流れ」という、との佐々木閑先生の文章を目にした。

その「日々是修業」を失礼を顧みず私なりに要約すると、「私という存在は一瞬ごとに生滅していて、今の瞬間の私と次の瞬間の私は別ものなのである。刹那刹那が繰り返されるうちに、私という存在も少しずつ変形してゆく。この避けがたい崩壊現象を『諸行無常』という」とある。

「諸行無常」かあ。なるほど。すべてのものは絶えず変化してとどまることがないというのだから「老い」にさからうことはできないと心得るべし。しかし、「老い」を崩壊現象とするのではなく、「充実現象」としたいものだ。

古い友人たちと会うといつも、いつしか健康の話になってゆく。三十~四十代は子育ての話、五十代は年金の話や老親の介護談義だった。六十代に入ると病気の知識交換の様相を呈する。

「それにしても、五十代は、今から思えば本当に元気だったわね。かなり無理もきいたし」

「そうそう。一晩寝ればすっきり回復したし」

「六十になった時も、こんなものかしら、たいしたことないじゃないくらいにしか感じなかった」

「ところが六十を少し出た頃からの一年ごとの変わりようといったら」

「急激に勢いを増して、予期しない心身共の衰えに面と向かうと、正直な話、うろたえるわね」

とはいうものの、平均寿命を考えるとこの先二十年ほどは期待できるとすれば、ようやっと「老い」の戸口に立ったような塩梅で、まだまだ老人初心者といえる。この際、アンチエイジングにあくせく心を悩ますより、いっそ技を磨いて老境の奥義（そんなものがあるかどうかは知らないが）を極め、豊かな「命」を紡ぐ日々を心がけるとしよう。

老境の熟達を目指して志も高く生きる工夫をせねばと、思う。

長生きの手立てと死なない工夫

長生きの手立て

「人間はどう考えても自分の思う通りにはいかないもので……。だから、どうか俺は長生きをしようと思ったって寿命のない人はしようがないですな。それはみんな人の寿命でございますから。養生して、タバコよして、酒よして、一生懸命運動して、この頃は太ってきたら、自動車にぶつかっちゃって……。してみると、不養生していて、ぶつからねえ人のほうがいくらか丈夫だっていう……」

五代目古今亭志ん生の落語の「まくら」である。

笑って聞いているが、ふと我に返ると妙に真実味がある。

日本人の平均寿命は女性は八十六歳に手が届き、男性は七十九歳である。とはいえ、誰にでも可能というわけにはいかない。

体力作り、健康作りも人によりけりで、私ごときの熱意が今ひとつという高齢者にとっては、不適切な努力は「年寄りの冷水」で、悪くすると逆に健康を害しかねない。ひたすら長生きの算段に苦悩したところで、思い通りにはいかないかも知れないとなると、理に適った長生きの手立て（つまり、真っ当な日常生活）に加え、死なない工夫をこらすということも考慮に入れる必要がある。

かようにして与えられた寿命を、最後の瞬間まで自分の意志で活かしてこそ充実した人生といえる。

先日、新聞の「ひととき」欄でとても心に沁み入る投稿を目にした。

七十八歳のその方は、百三歳の母上を看取った。母上の日記を開いてみると、一枚の紙が出てくる。

「旅立ちのあいさつ」として、今までのお礼を述べたあと、かように綴られている（勝手に要約のご無礼をご容赦のほど）。

「ひとり旅ですが心配ないと思います。あの世で長いこと私を待っている大事な人に電報を打ってあります。待ちかねて迎えに出ていることでしょう。喜びも半分、不慣れで心細くもありますが、待つ人に会える楽しみもあります」

筆者の「お母さん、あっぱれよ」の言葉が添えられて。

この世に思い残すことも、黄泉の国へ旅立つ不安もなく、人生、これで十分と、それこそ思える一文で何度も読み返してしまった。

けれん味のないさらりとした清々しさが深い感興とともに、最期の時をかように淡々と安らかな気持ちで越えてゆけるものなら、この先起こりうる諸々の困難な事象を前にしても、何らたじろがずに受け入れられる勇気を与えてくれたのである。

されば、私なりの無理のない長生きの手立て、死なない工夫をしつつ、小さな幸せのきらめきを見落とさないよう、心穏やかな毎日を送ろう。その先にこれでいいのだと、満足を覚える終わり方ができればいいのだから。

死なない工夫

せいぜい、危険因子を遠ざけることくらいで、差し当たり、先人の教え「君子危うきに近寄らず」と「転ばぬ先の杖」といったところだろうか。

《君子危うきに近寄らず》

人によってさまざまだと思うが、私が避けて通りたいもの。

○疑わしき食品

食中毒を心配し、廃棄する。

なかなか難しい。疎開経験もあり、戦後の食料事情もありで、食べ物にはかなりの思い入れがあり、ついついもったいないが先に立つ。小学校低学年の時に始まった給食は、不確かな記憶ながら、トウモロコシ粉（?）の混じったウドン、ララ（アジア救済連盟の略）物資の脱脂粉乳、進駐軍の放出物資（?）と思しき英文パッケージのクラッカー（六〜七センチ角で塩の結晶がついていた）などがおぼろげに思い出される。豊かな時代になっても、一粒の米に母と卓袱台《ちゃぶだい》の郷愁が伴う。

○不要不急のこと

「明日やれることをなにも今日やることはないと思うの」と言う私に、

「明日ありと思う心の仇桜《あだざくら》夜半《よわ》に嵐の吹かぬものかは。親鸞上人もかように仰せられているわけだし、人生、明日のことはわからない。限りある時間を大切にすればこそ、今日やれることを明日に延ばすのは感心できないわね」と友人のありがたいご忠告。冗談めかして開き直り、横着を決め込んでいるようで心苦しかったが、「敢えてやらないでいるということは、これで結構的《まと》を得ている」のではと、思う。

『老いの超え方』（吉本隆明著）の中で老いの理解の仕方について語られている。

「感覚器官や運動器官は鈍くなります。でも、その鈍くなったことを別な意味で言うと、何かしようと思ったことと実際にするということとの分離が大きくなってきているという特性なんですよ。だから、老人というのは『超人間』といったほうがいいのです」

「老齢者は意志し、身体の行動を起こすことのあいだの『背離』が大きくなっている。あまりに意志力と身体の運動性との背離が大きくなるので他人に告げるのも億劫になり、そのくせ想像力、空想力、妄想、思い入れなどは一層活発になる。これが老齢の大きな特徴である」

文章は、「身体の運動性だけを考えれば、動物のように考えと反射的行動を直結するのがいいに決まっている。けれど高齢者は動物と最も遠い『超人間』であることを忘れないでほしい」と続いている（勝手に要約、解釈のご無礼をご容赦のほどを）。

一騎当千の味方に思える。そうなんです。やっと、何かにつけて感じる「億劫」の正体がわかりました。以前に比べてもどかしさを感じている貴方、思いと行動のずれが広がっただけで、知的能力が低下したわけではないのですって。むしろ低下せず、確かなものになるといわれているのが、判断力や総合力らしいですよ。

それならば、加齢とともに培ってきた経験と洞察力を駆使して、まず本当に今日一番必要なことを悔いのないように時間をかけてやり遂げれば上出来とし、無用な先急ぎをせず、余力があれば、次のことをじっくり気持ちを入れて取りかかればよろしい。

兼好法師も「徒然草」の中で、「尊き聖の云ひ置きけること」のうち、共感させられた言葉として、「しやせまし、せずやあらましと思ふことは、おほやうは、せぬはよきなり(しようかせずにおこうかと思うことは、概してしないほうがよい)」を挙げておられることだし。

身のほどをわきまえずがんばったばかりに、取り返しのつかない事態が出来《しゅったい》するやも知れず、事態の収拾に難儀するのは周りの人たちなのだから、以前と違う自分を受け入れ、余計なことはしないほうがよろしいかと、かように結論するのである。

《転ばぬ先の杖》

生物的な生命の存続、つまり、健康の維持のために、思いつく限りの手を尽くすことにしよう。

○良いうちから養生

高齢者の健康の基準はただ達者に体が動けばいいというものではないと思う。命に関わるような差し迫った身体的危惧がなく、自分の意志で行動できること。程度はどうあれ、関わる好奇心を失っていないこと。幸せな時間を共有できる家族や友人、知人との「きずな」を温めていける社会的感覚。その三つがなんとかバランスを保っていて初めて健康な状態といえると思う。

医療技術の進歩のおかげで肉体的存続の可能性はかなり期待できるわけで、自治体の健康診断の利用は欠かせない。

しかしこれがなかなか気が重いというか、診断結果を待つ間の不安が辛いというか、その間、食欲も減退するほどのストレスを感じるのは私だけではないと思う。

健康を確認したら、明日への自信にすればいいし、もし、病気が見つかったら「見つけてもらってよかった」と喜べばよろしい。そのための健康診断なのだから。
といいながらも、結果が思わしくなかったら、やっぱり落ち込むだろうなあ。「今この時点で見つかって本当に運がよかった」と、とにかく思うことにしよう。

○ホーム・ドクターと仲良く

健康上の心配をくよくよ考え込んだり、周りに愚痴ったところで何の得策にもならない。気になることはいつでも何でも躊躇せず相談できるドクターを近くに見つけよう。

家庭の病の九〇％以上は内科の先生の守備範囲だそうだ。まず相談し、それから先のことを考えていただくとしよう。

椅子を回してしっかりと向き合い、素人の質問に答えてくれるドクターと巡り会えたら、人生の幸運の一つに数えるくらいの価値があると思う。

○ワクチン

インフルエンザ　毎年接種
肺炎球菌　　　　接種済み

○事故

交通事故同様、思いがけない事態に遭うことがある。特に注意が必要なのは転倒による骨折。注意しても用心しても起こるのである。

もしもの事態が起きてもしっかり向き合って少しでもいい方向へと、あきらめない気持ちを持ち続けることが肝要だと思う。

これは、私の母の場合を通して体験した。

厄介をかけられる果報

人のお世話を受ける側に仲間入りした私の立場でも、まだ向き合って手を差し伸べられる喜びが残されていた。

老親と老犬の存在。

すくなくとも私より弱者であることは疑いもなく、庇護し、かばい守るだけの存在として、「私でなくて誰がやるの」と気負いが先に立っていたが、そこには教えられ、学ばされるすばらしい世界があった。

長生きをするのも大変なことだと思う。「長生きをしてこんなに長く私のそばにいてくれてありがとう」と、父や母、愛犬にも感謝の気持ちでいっぱいだ。

骨折！　大変だ。もとの生活をもう一度

私の母（八十七歳）の介護体験記である。

数年前のある朝、いつも早起きの母がリビングにいない。母の部屋へ見に行くと、母が床に寝ている。

要領を得ない問答の末、どうやらトイレへ行ってそれきり動けなくなったらしい。

大腿骨骨折で人工骨頭を入れる手術となった。

母の見舞いに行くと、整形外科の医師から、

「手術は成功したけれど、ベッドでじっとしているとお年よりによっては認知症になる傾向があります」

と、説明された。

その言葉はやがて現実となっていった。

術後数日して、ベッドで点滴をし、生気なくかなり弱った母に、

「どんな具合？　私が誰だかわかる？」

母の視線は戸惑ったように空中を泳いでいる。

「わかるわよ」

「じゃ、誰？」

「わかるわよ」

面倒くさそうに目をとじた。

何日か過ぎて、病室に入ると、看護師さんが、上半身を起こした母の前に洗面器を置き、母の手を洗っている。

「夜中にオシメをはずしてしまうんですよ。困ったわ」

そう言いながら、ガーゼで母の指先をていねいにこすっている。

すると、私たちの会話を遮るように母が、

「痛い、痛いわ。おお、痛い。そんなに強くしたら痛いわ」

と、盛んに訴える。

痛いとは思えず、母は誇りと自尊心を失わず、話題を逸らそうとしているようだ。認知症と人の尊厳を失うまいとする自己の狭間をさまよう心を思うと心が痛む。

体力の回復とともに思考力も戻ると気軽に考えていたが、期待通りにはいかなかった。

そのうち肺炎になった。どうにか危機は乗り越えたものの、食事はまったくとれず点滴の量が増え、次の日は気管支喘息で酸素吸入のチューブが鼻に入っていて、その次の日は尿道炎で尿管がついていて。どんどん病気とチューブが増えていった。

現状打開に何かしないことには。

「食事が経口でできれば回復が早いと思いますが。全然食べませんからね」

と、担当医師の言葉。

「私が毎日通って食べさせてみたいのですが構いませんか?」

むせないように誤嚥《ごえん》に注意とのことで承諾を得た。

翌日から食事時間に合わせて通うことにした。母の顔を見るなり、

「名前と生年月日は?」

と、確認する。それはちゃんと言えた。が、ほかの話題に移ると曖昧に話を濁してしまう。何もかも生きる営みを放棄してしまう前になんとかしないと。

まず食事から、とお粥を少し口に入れてみた。が、口を拭く振りをしてティッシュに吐き出しベッドの下に隠した。何度も繰り返す。

飲み込むのが困難のようである、アイスクリームを試したら、口の中で溶けるのを自然に飲み込んでいる。次は大好きなミカンを一房。チュッチュッと吸って飲み込む。そこでお粥をちょっぴり口に入れ、ミカンを一房吸わせるとミカンの汁とともにお粥も飲み込んだ。それでも時々うまく飲めない時もある。

「いい？　赤ん坊はね、教えられなくてもオッパイ吸うでしょ？　自分の人差指を赤ん坊になったつもりで吸ってごらん。そうそう、ツバが出てきたでしょ？　ツバどうなった？」

「飲んじゃった」

「そうよ、それ思い出しながらもう一回ミカンいくよ。はい、アーンして」

何日目かには二時間くらいかけて昼食を全部食べるようになった。食事表に大きく一〇〇％と記入した。こうして何日かが経過し、私が介護すれば全部食べるようになった。

救急車で運ばれた病院は、遠くて通うのが大変なので、無理を言って家の近くの病院に転院した。

自転車で七分。一日に二、三回は顔を出せる。例のごとく、ミカンを吸わせ、指を吸わせ、

「ハイ、アーン。ハイ、飲み込んで」

一食に一〜二時間、食事表に一〇〇％と書き込む日が増えていった。

一ヵ月ほどで栄養補給の点滴が外された。栄養改善のせいか喘息もおさまり、肺炎も回復、酸素吸入、尿管もとれやっと人間らしい生活に戻った。喜怒哀楽が表情に表れるようになったものの、認知症のほうは相変わらず深刻。会話はあるけれども内容がない。

昼食にうどんを食べた。お丼を前に、

「今、何食べたの?」

「……」

「今、食べたのよ。大好きなもの。白くて、おつゆがあって、ほら、ウがつくもの」

「ウ、ウ、ウソ」

「ウソなんて食べられないでしょ。うどんよ」

「フーン、そうだった?」

私のことは認識しているようでもあり、早いうちに手を差し伸べれば回復の見込みはあると医師は言うし、絶望するのはまだ早い。

認知症の大多数は「脳をつかわなくなったための廃用型」とか。会話や散歩で脳を刺激することが回復につながるという。

家族の名前を次々挙げて話を向けても、

「そう? そうかしら? そんなこともあったかしらねえ」

一方通行がもどかしく、ついいろいろと畳みかけて余裕のない私。ひるんでますますおどおどする母。

「そんなに熱心にやっても、かえってお年よりを追いつめるだけよ」

と、ベテランの看護師さんに言われたりしながら、変化のない空転した会話を、繰り返す毎日。

並行しての目標はオシメにさよならすること。何の抵抗もなくオシメに頼っているが本当に必要なのだろうか。

「ご不浄（母はトイレのことをご不浄という）に行きたくなったらベルのボタンを押す。看護師さんを呼び、させてもらう。わかった？」

ナース・センターとやりとりの練習をし、図解した紙を目につくところに張り付けた。

「全然呼んでくれませんよ。おしものほうはわからないようですよ」

と、看護師さん。

「ねえ、本当にわからないの？」

つい母に詰問口調になってしまう
と、となりのベッドの母と同年代のご婦人が遠慮がちに話に入ってきた。

「あのね、あなた。お母さんね、ちゃんと自覚おありよ。ベルに向かって、『お願いします』って言ってる。ボタンをおさないでしゃべっているようだから、マイクだと思っているらしい」

よかったあ。ベルの機能を理解できないだけなんだ。

もしその言葉を聞かなかったら母は無自覚と見なされ、見過ごされるところだった。

簡易トイレをベッド脇に常備してもらい、よく気のつく若い看護師さんに、

「リズムとして、朝食の後、トイレに座らせて自分でする感覚を取り戻させてください」

と、頼み、母には、

「ベッドからおりることくらいはできるのだから、朝起きた時、食事のあと、寝る前、座ってみてね」

看護師さんの協力のもと、ベッドにビニールシートを敷き、失敗しようが汚そうが、必死の数日が過ぎた。

「お母さん、ひとりで便座で済ませるようになりました。とうてい無理だと思われていたのに」

嬉しそうに看護師さんが報告してくれた。

「看護師さんが、すごい、って拍手してくれたの」といかにも満足そう。

自分で何かができるという喜びは進歩につながる。それからの母の意識は外に向くようになり、会話は毎日少しずつ広がりを見せ、クロスワード・パズルが縦、横とつながるように内容も膨らみ、日を追って生き生きとしてきた。

さて、あと一押し。入院前は毎日日記をつける習慣があったので、頭や手を使うよう、日記をつけさせることにした。柔らかいフェルトペンと厚紙を用意した。

「日付と窓の外のお天気を書いて」

「字、忘れちゃった。頭の中にあるけど書けない。読むのはできるけど書けない。字は頭の中にあるのよ。でも書けないの」

なるほど、言う通りで、書いてあるものはちゃんと読める。

「机に指で書いてみて」

不思議なことに、指だとかなり複雑な字まで書くが、ペンを持つと書けない。とにかく毎日少しずつ見本をなぞるところから練習開始。

リンゴや犬のイラスト、日付や、はれ、くもり、などの字を大きめに鉛筆で書いたものを、おしゃべりを楽しみながらゆっくりとなぞってもらった。

十日ほどで判読できる程度に書けるようになった。

残るは日常生活復帰のリハビリ。

「お母さんね、リハビリがお気に召さないみたい。車椅子の散歩も具合が悪いからと断られちゃうんです」

と看護師さん。

病院の理学療法と並行して自主リハビリもやらねば。病院のリハビリ室をしっかり見学、許可を得た。

顔を合わせるとまず、

「ハイ、起きて、杖を持って。ハイ、一、二」

有無を言わせず、人影のない廊下をゆっくり歩行練習。

少し進歩があると、母もリハビリを嫌がらなくなり、自分で歩く練習もするようになり、足取りもしっかりしてきた。

最初の頃、

「お母さんがかわいそう。そんなにきつく言うと私が言われているみたいで切なくて」

と言っていた同室のご婦人も、

「お母さん、歩けるようになっていいわねえ。私にはそうやってくれる人がいないの。私も起きられるようになったら一緒にやってね」

「いいけど。でも私、鬼教官だからね」

そんな会話が弾むようになった。

入院九ヵ月目。退院を告げられる。母に、

「もうじき退院だけど、早め、早めにトイレに座っていれば、絶対に大丈夫」

化粧品も差し入れ、

「見違えるようにきれいになって帰ろうね」

数日したらベッド脇のトイレが見当たらない。逆戻りかとびっくりして、

「どうしたの？」

「看護師さんが、もう大丈夫だから廊下のお手洗いに行くようにって」

退院時は私が髪をカットし、水色のサマーセーターに薄化粧。杖は手にしているものの、自分の足でしっかり歩いた。

歩行に不自由は残ったものの、元気な母が帰ってきた。

数ヵ月にせよ、母の思考障害の原因は何だったのだろう？

たぶん娘のところとはいえ、つい半年前まで東京でひとり暮らしをしていた母にとっては、他人の家での生活は、安心感と背中合わせの過剰なほどの遠慮と気がねがあったはずなのは想像に難くない。まして突然の事故で、さらに迷惑を重ねるかも知れないとの不安に動転し、肉体の衰弱とあいまって、忘却の世界に逃避したとも考えられる。

一時は医師から、

「通常の社会生活に戻れる望みはないので、退院後の次の対策を考えるように」

と、言われたほどであった。

母が時にかいま見せる現実との接点、「まともさ」の小さなサインを見落として対応を怠っていたら、認知症老人としてベッドで介護される生涯を送らせてしまったかも知れな

かった。

母はたまたま条件がよかったのかも知れないけれど、現実を素直に受け入れ、とにかく何でもやってみることの大切さを知った。あきらめてしまわないことが肝要と思う。

さて、私がそのような状況になった時、親身になってやってくれる人は……?

「予防は治療に優る」とか。十分気をつけるしかなさそうだ。

介護の支えとなるもの（やってみて初めてわかること）

つい最近まで、高齢（八十七歳）とはいえ、人の手を借りることなく元気だった母が、骨折をきっかけに別人になってしまう現実（私も無縁とはいえない）。さらに、高齢世代を身近に見て育っていない私は、何かあるたびに「どうすればいいのだろう?」と戸惑い、ただおろおろするばかり。

食事介護の許可をもらい、例の如く、

「ハイ、アーン、ハイ、飲み込んで」

わかっていながらもつい急かしてしまい、うっかりすると頬の両側に食物をため込んでますます飲み込めないでいる。

「リスやハムスターじゃないんだからほっぺたに入れない。舌の奥の方に少しずつ送るの。わかる？」

両手で両頬をはさんで、

「ハイ、飲み込んでぇ」

この状況で「飲み込むのは無理」と承知で、命の危機を脱した安心感も手伝い、いじわるなことをやってしまい、落ち込む。

「何か食べないと……。もう一度、ハイ」

「食べないほうが気持ちがいい」

「食べないと死んじゃうのよ。もう知らないから」

また、言わずもがなのことを言って滅入る。

そんな時、母と同室の女性が、「やってる、やってる、って聞いてるの。娘さんていいわねえ」と、笑い飛ばしてくれる。

その後の母は、二年ほどの間に、さらに二度の骨折、舌やリンパがんの手術、肺炎などで入退院の繰り返し。

世話をする対象が老親の場合、こちらも相応の年齢になってはいるものの、やっぱりもっと高齢の人の状態や心情は想像を越える。

今後の自分の行く道と性根をすえたつもりでも、いとおしさと、切なさと、やりきれなさとが、時に入り混じって、さらにいつまで続くのだろうかと自身の健康状態の不安まで加わって心が揺れる。

ちょうどその頃、朝日新聞の記事が元気づけてくれた。小倉遊亀画伯のお孫さんの綴る、「私の介護録」である。

九十七歳の画伯の突然の入院と退院後のことを、祖母上へのいとおしみと、稀代の画伯への敬愛の両面からの眼差しで、理性的でありながら、温かい向き合い方が伝わってきた。退院直後の何ヵ月かの過ごし方でいかようにも変わるので、生活のすべてを刷新する必要があるという。

命の危機に瀕した後、百一歳で再び絵筆をとられるようになられたお姿から、「年をとってもただ退化するばかりではないという明るさがある。年を重ねたという理由だけで、今まで過ごしたきた人生を無条件に手放すことはないと教えられ」、「高齢となってからの時間も人生の大事な日々の一部で、どのように過ごしたいかは本人の意志が何にもまして尊重されるべき」

との姿勢で、細かい日常の茶飯事でも了解を得、意志を尊重し、心情に寄り添う。なるべく横にならないで座って過ごし興味を持って（画業も含め）日中を過ごせるようさまざまな工夫をする。

「百歳を過ぎているのだからおかわいそう」と自発的な動作を疎外する過剰介護への懸念にまつわる、看護師さん捜しの苦労も語られる。

実際に寄り添って日々を送る人の言葉は深く心に語りかけてくれた。

友人の義母上は九十歳で脳梗塞に見舞われ、退院後はベッドから起き上がれぬ状態になった。彼女はその義母上を抱きかかえ、時には背負って部屋の中でリハビリを敢行したのである。嫌がる義母上を見て、周囲の、

「お年なんだから、無理しなくても……。おかわいそう。お嫁さんはやっぱり他人だから……」

と、時には見当違いのそしりを受けながらもあきらめずに続けていた。やがて義母上は歩くのは無理ながら、ポータブルトイレの使用もでき、椅子に座って家族と食卓を囲めるまでになり、ベッドの上だけの日々から解放され、百歳の天寿を全うされたのである。

「寝たきりの生活をするお義母さんもつらいし、寄り添う私もつらいから」

との、彼女の弁も元気づけられた。

「病院は病気は治せるけれど、病人を治せるのは家族の人なの」

母の介護をしていた時、病院の看護師長さんが掛けてくれた言葉である。

ところで、この先、私が人の手を必要とした時、親身になってくれる人は……？

老犬タローの贈り物

《異質の生と関わること》

聖路加国際病院理事長の日野原重明先生が、『94歳・私の証　あるがま、行く』の中で、「アニマルセラピー（動物介在療法）は、聖路加国際病院の小児科病棟でも試みています。人と動物とが互いに愛し愛されるきずなを作ることで、動物たちがすばらしい役割を演じることをもっともっとみなさんに知ってもらいたいものです」

さらに、次のようにも書いておられる。

「ペットとして安らぎや癒しを与えてくれる以外に、障害を持つ人々の目や耳、手足の代わりになってくれ、われわれが生きて行くうえの重要なタンパク源ともなり、医学の発展に寄与してくれる動物もいます。大切な生命に支えられて生きているのが私たち人間なのです」

私たちがさまざまな命のうえに生かしてもらっているという事実は、普段忘れているけれど、とても重い意味をもち、厳粛な思いにかられる。

とりわけ犬は、セラピードッグとして高齢者や障害のある人と触れ合い、心のケアをする成果が期待されている。

《ペットと暮らす》

縁あって一匹の雑種の犬が我が家にやってきて、冬の日、十七年の生涯をとじた。

穏やかに過ぎる平凡な日々に、ある日ふいと加わった小さな命。そして、幾年かしてまたふいといなくなってしまったけれど、一緒に生きていた温もりの余韻。

「ペットと暮らす」、それは何気ない日常を感慨深いものにしてくれたのである。

名前はタロー（雑種。体重二十四キロ）

私の育ってきた時代は、半世紀も前になるが、今よりもっと自然な形で、犬や猫たちが身近だったように思う。なんとなく生まれてしまった雑種の仔をもらったり、もらわれたり。「うちの猫」「となりの犬」と、飼うというより、地域で馴染んで生活していて、特に意識せず周りにいたという感じであった。

老朽化した家の建て替えを見越して、番犬でもと言う夫の希望で犬を飼うことになったのは、私が四十代も終わりの頃だった。

初めて自分の手で育てる仔犬は、正直のところ「忙しいのに面倒が増えたなあ」と思えた。ところが、いざ一緒に暮らしてみると、とても温かいやすらぎと、命に寄り添う感動をもたらしてくれることに気づかせてくれたのである。

単にかわいがり世話を焼くだけの対象ではなく、慰めを感じたり、癒しを求める存在だけでもない。ことさら「無垢な心がいとおしい」とか、「純粋な愛をありがとう」などと意識することもない。当たり前の日常を一緒に過ごす存在。

犬という個性を持ち合わせた家族といったところだろうか。

初めて接する仔犬のかわいさを夢中で話す私に、友人の獣医夫人が言うには、

「ワンちゃんも長く一緒にいると言葉がわかるようになるの。しゃべれないだけでなんでもわかるのよ。本当の意味でかわいいのはその頃じゃないかしら。日々の暮らしの中であるがままにお互いの気持ちが通わせられるようになる頃、お別れがやってくるの」

その意味がやがてはっきりわかったのである。

自身の老いを意識するようになってからのペットの存在は、全く別の意味合いを放って

くる。

世話を焼いてもらう立場になりつつある身にとっては、優しさと保護を与える充足感を得られる存在であり、ただひたすら愛することのできる対象なのである。

ましてや老いてゆくペットとの触れ合いは、その様を我が身の行く末と重ね合わせ、特別の哀愁を感じる。

周囲に善意と愛情が溢れていても、ふと感じる寂寥、老いを意識するようになり、初めて芽生えた感傷である。

どんなに自分が達者で自立していると自負していても、老いを重ねるとともに、やはり、それなりの遠慮、気がねなどの気配り（上手に甘え、頼る技でもあるが）が必要となるのは否めない。

ペットと向き合う時は無心になれる。

何のけれんも下心も駆け引きも無縁で、言葉に気を使うわずらわしさもない。日頃口に乗せたこともない愛の言葉を臆面もなくかけまくり、抱きしめる。指先、皮膚感覚を通して伝わるペットの息遣いと体全体で表す喜び。

言葉がない分、なおさら心の交流は繊細を極めるといえる。

語りかけると答えてくれる。答えるといっても言語の会話ではなく、「応えてくれる」

心の動きが感覚的に伝わり、対話する。

瞳を合わせれば「つぶやき」が聞こえる。

単なる思い込みじゃないかって？

何にしても、人生に幸せの粒をちりばめられればそれでいい。

まさに、ペットとの触れ合いは、直接、間接を問わず、高齢者の心のサプリメントとなりうると、私は思う。

と、いいことづくめに酔いしれてばかりはいられない。それと引き換えの心労の心積もりも必要である。

《ペットも介護の時は訪れる（介護実践記）》

腕の中で抱っこできた仔犬もすぐに育ち、散歩のお相手を務め、躍動的だった日々もやがて老いの片鱗を垣間見せ始めた。

いつまでも元気でいてほしいと願っても、老いは確実にやってくる。

十歳を過ぎた頃から少しずつ衰えが見え、十五歳ともなると、頭部から首にかけて白っぽくなっていった。

「ずいぶん毛が薄くなったね。それに白髪も増えたし。タローも、もうおじいちゃんなんだ」

十六歳になると、日を追って、足から腰と弱り、外耳炎、皮膚炎、膀胱結石、白内障、難聴などの症状が見られた。

後ろ足が弱まると、階段の上り下りができなくなり、散歩も負担になった。

「いつか歩けなくなるんでしょうね」

あんなに元気だったのに……。

散歩の足取りもさることながら、排泄時にも支障をきたす。歩行が不能になってからは、抱いて庭に連れ出し、胴体を支えてなんとか済ませられたのも束の間、室内で紙オムツの生活になるのにさして時間はかからなかった。

発熱、腫瘍の手術、膀胱結石の血尿と予期せぬことが次々起こる。

あれこれ体調の乱れが続き、十六歳の半ば過ぎには、伏せた状態のままで過ごすようになった。寝たきりの状態である。その生活は、急速に全身の機能を奪っていった。

姿勢を保つのが難しく、目を放すと苦しそうにもがいている。

「なんとかしてやらなきゃ」

ソバガラで枕型、細長いもの、ドーナッツ型のものなど大小十個余りのクッションを作った。楽にもたれかかって過ごせるよう、ベッドの上に紙オムツを敷き、それらを土嚢《どのう》の要領であちこちにあてがった。

紙オムツの生活は腹部の湿疹に悩まされた。

婦人用尿取りパッドで濡れる部分を局所的にし、清潔と獣医院の薬で凌いだ。

尻尾を高く上げたら排便の合図。肛門の周りをガーゼを巻いた指で押し、介助。

オムツ交換時以外にも時々体を動かしてリハビリ体操、床擦れを防止した。

不自然な体ながらもご飯はおいしそうに食べている。

「命を全うするのも大変だね。ともかくも命の鼓動のある限り、辛くてもがんばろう。痛いのや苦しいのはお薬で取り除いてあげるからね」

やがて舌も不自由になり、水すら自力で飲めなくなった。

魚、青菜、イモ類などすべてすり潰し、水を多く加え人肌に温め、プラスチックのスプーンで流し込むように食べさせた。真水は飲まないので、豆乳を水で割って離乳食用ポリ容器で飲ませた。

口を開けて流し込み、飲み込んでくれるとホッとする。自然界では自力で餌をとれなくなった時点で生命の終わりを意味する。無理強いした食物を力を振り絞って飲み込んでいるのを見ると、自然の摂理に逆らう行為かと迷う。

足、腰、関節の痛みは耐えがたいらしく、不自由な体をゴソゴソ動かし、切なそうな目で苦痛を訴える。

「もうがまんも限界かな。これ以上はかわいそうかな。明日一番強い痛み止めをもらおう。それでもダメなら……」

最後の刹那まで手を差し伸べてやりたい。

体を温めたり、念入りなマッサージで乗り越えた。

夜鳴きも始まった。十二時を回る頃、悲しげな声で呼ぶ。

「寂しいの？　傍に居てあげよう」

話しかけながら眠らせる。

十七歳の冬、静かな寝息を立てて眠るように穏やかに生の終焉が訪れた。

半年間の介護だった。


病気や老衰の限界に苦しむ愛犬の永眠を人為的に促す例は少なくない。ワンちゃんたちは刹那で生きているわけだから、場合によっては苦しみから解放してあげることも正しい選択のひとつであることに異存はない。

朝日新聞の「声」欄で獣医さんの投書を目にした。そこには（要約のご無礼をご容赦）、

「ペットブームの裏側で思い通りにいかないと、驚くほど早くその命を終わらせようとする飼い主が増えている。命の終わりを希望する飼い主への恨みの感情など微塵もない美しいまなざしで見上げる瞳をみると、安易に安楽死を受け入れられない。……もっと真剣に命と向き合わなければならないと思う」

との言葉が切々と心に沁みた。

痛みを一緒に背負ってくれる獣医さんの姿勢に居住まいを正し、安楽死の大義のもとに軽々しく命を摘み取ることのないよう心したいと思う。

ペットの老いも、私たちの老いも、その老い行く過程に何ほどの違いがあろうか。生きとし生けるものみな同じと、しみじみ実感した

《ペットロス症候群》

愛する対象を失った時に生ずるさまざまな心の揺れ。人によっては耐えがたいほどの心の痛みを覚える。その対象が、特に愛犬や愛猫であった場合、ペットロス症候群という。別れに際しての、もっとああしていたら、こうもできたのでは、という後悔やもどかしさはとめどなく、身辺の何もかもがやるせなく映り、気持ちが沈んでしまう。

紛れもなく、私も体験したのである。それもかなり重症の。でも大丈夫。心配には及ばない。専門家の話によれば、段階を追って回復するとか。喪失の哀しみを受け入れ、やがて楽しい思い出として感謝するというように。確かに、あれこれ思い悩んだことも、懐かしい思い出となって、本当の意味で「無償の愛をありがとう」と感謝の気持ちが私の中にも芽生えたのである。

愛犬の老いに向き合って得た最もすばらしい感動は、「老醜」ならぬ「老愁」を教えてくれたこと。介護の過程で感じた「老いというもの」の切ないようないとおしさ。

何年か前に九十歳で看取った母の介護の時にも感じた、あの「ゆっくりとまた自然に還ってゆく」ような生命の営み。私たちも避けられない「老い」。願わくば、「痛々しい老い」ではなく、「神々しい老い」をと思わせてくれた。

介護もまた、愛犬との忘れ難い思い出を築く大切な日々だったのだと、改めて思い返し感慨にふけるのである。

《ペットの長寿を望むけれど》

ペットは豊かな暮らしを送る最高のパートナーになってくれる。その一方、長寿化したペットが飼い主よりも長生きするケースも当然起こりうる。全国で約千二百万頭の犬が私たちと生活を共にしており、老人世帯の四軒に一軒の割で飼っているという。

老犬のダックスフントと暮らす知り合いの老夫婦は、八十歳を越すご主人が病気になり、やむなくご夫婦で老人ホームに入ることになった。家の処分にあたり、愛犬の養育という条件をつけたところ、ふさわしい相手が見つかった。

「心置きなく、ホームに行くことができます」

と感謝の気持ちとして何百万円か安くして家を譲った。

「この仔をおいて行けないから、健康には十分気をつけているの」

と常日頃口にする友人も少なくない。

家族として老いを共に重ねた愛犬の行く先を思うと、胸を締め付けられるような思いにかられる人は多いことだろう。

そんな場合、愛護団体が受け皿になることが多い欧米に比べ、日本の態勢も未整備ながら、ボランティア団体や民間企業のサービスが出てきたという。

それらに、動物愛護センターや「ドッグシェルター」などの飼い主捜しの活動を含めても、幸せにその生を終えさせてやれる数はほんの一握りといっていい（全国で致死処分される犬猫は三十万頭を超える。二〇〇五年度・環境省調べ）。

最後まで見届ける責任のもとに命を引き受けるのが基本であっても、万策尽き果てる事態も起こるであろう。そうした場合、日頃お世話になっている病院にお願いし、抱きしめて、涙、涙、涙で、腕の中で安らかに眠らせてやる覚悟も必要と思われる。

《何かと切ないあれこれ》

年を重ねるうち、否応なく想像力や思い入れなど一層豊かになって、といえば聞こえはいいが、それは時として「とりこし苦労」とか「老婆心」とかで一笑に付されたりする。長年の試行錯誤の積み重ねの結果、抱える情報も多くなって、あれこれ思いをめぐらし、想像し、シミュレーションし、結論に落ち着くまで心配の種はきりがない。ぼんやりしているように見えていても、これで、結構活発に思考しているのである。その様子は、周りには単なる「心配性」くらいにしか映らないと思えるが。

また、心は刺激にめっきり弱くなってきている。感性が鈍化したのではなく、煩わしいことに立ち向かうエネルギーの余力がない。

以前はワイドショーの事件を食い入るように見つめ、興味津々に、世の理不尽や悲惨な事件に憤っていたものである。

近頃は社会の問題から目を背けてはいけないと思いつつも、正視するには気が重い。特に非力な子供や動物への非情な扱いは、自身が弱者の側にまわったせいか、心が壊れそうになり、すぐにチャンネルを変えてしまう。

長く生きればそれだけ体験に基づく想像力が豊かになり、他人の事情や状況を思いやる素地ができあがるわけで、他人のことが少しは慮れるようになったせいだろうか、単純に受け止められていたものが、少なからぬ痛みを伴うことが多いのである。

ペットとの生活も同じ状況をもたらした。

テレビの動物番組を気軽に楽しめなくなったことである。

ペットと触れ合う前は、「動物……」「自然の……」など大好きで、何の屈託もなく、草原の弱肉強食の摂理に畏怖し、時には涙したり、ある特は芸達者なペットたちを驚嘆と笑いで引き込まれて見ていた。

動物に関する知識や興味を満足させてくれる番組は数多いものの、それらを無心に楽しむ余裕がなく、むしろ意識的に避けてしまう。

サバンナのチーターの母親がやっとの思いでトムソンガゼルを仕留め、子供たちに与える場面では、「お腹いっぱいになってよかった」。一方で、トムソンガゼルが追われる場面では、「逃げて、逃げて！　あーあ、かわいそうに」と、狩りに成功したチーターが憎らしく思えたりする。

矛盾だらけの気持ちの整理ができないもどかしさがやりきれない。

芸達者なワンちゃんに賛嘆しつつ、時折、芸を強いられ無心に応える姿にふと哀れみを覚える。

『折々のうた』(大岡信)の、

「火炎の輪くぐるライオン喝采をあびし夜な夜なやけど舐めいむ」(岡田泰子)に、はからずも同感してしまう。

感情移入も半端でなく、妙な具合に涙もろくなった。

これでもかとばかり、感動てんこ盛りのドラマや映画ではめったに涙することはない。長い人生の間に見聞きした実体験の数々でたいがいのことには驚かなくなっているからである。

ところが、ふとしたことで胸に迫り、鼻の奥がツーンとしてしまう。

最近では、そうね、「こんぴら狗《いぬ》」と「翁丸《おきなまる》」。

《人と犬。今も昔も》

新聞紙上に「こんぴら狗」の話が載っていた。要約してみると、
「江戸時代、金比羅宮参拝を望みながら、それがかなわない人々が、飼い犬を自分の身代わりにした。
まず飼い主が江戸の宿場町である日本橋や品川などへ出向き、西へ向かう旅人に犬を託す。その旅人がまた違う旅人に預ける。人から人へと犬が託され、四国に近づいて行く。『金毘羅参り』と書かれて、袋には飼い主の住所や名前が書かれた木札、初穂料が入っていたという。旅人は袋の中からいくばくかの餌代をもらい、犬に食事を与える。到着すると神社側はお守札をしっかり首にくくり付け、再び送り出す。犬はまた旅人から旅人へのリレーで東に向かう」

朝夕身近に慈しんでいる愛犬を他人の手に委ね、旅に出す心情はいかばかりかと想像に難くない。人の温情にすがっての道中を思うと不安で、いてもたってもいられず、帰る日まで神仏に手を合わせ、無事を祈る毎日であろう。

ならば、自身の身代わりになるような身近な物を参拝に向かう人に託すなり、金品で依

頼するなど方法はありそうなものだが、そうはいかない。それでは、せっかくのお守札も観光地のお土産と異ならない。

思いをかけた大切な愛犬を身代わりにし、人の仏性を信じ、ひたすら願いの遂行を祈る、それらが一体となって作用し、叶ってこそお守札は「ありがたい」のである。

江戸の庶民はペット好きだったようで、犬は長屋や地域などが共同で飼い、狆《ちん》は遊女や婦人に珍重されたとか。

昨今の核家族的飼育に比べ、大家族的な環境で、人々は小さい時から身近に犬に馴染んでいただろうし、犬のほうも人との関わり方の処世術を身につけて自然な形での共存をわきまえていたのであろう。

それゆえ、人から人へのリレーを可能にできたのだと思う。

それにしても、無心に、知らない人に連れられて、てくてく歩き続ける「むく」やら「しろ」やらを思い描くだけで、いじらしくて胸がいっぱいになる。

「江戸を出た犬のほとんどが札を首にさげて帰宅したという。そして持って帰った御守札より、その犬自身が『こんぴら狗』と呼ばれ、宝物のように遇された」とあり、私は安堵に胸をなで下ろすのである。

清少納言の「枕草子（第七段）」に「上にさぶらふ御猫は（帝がお飼いになっていらっしゃる御猫は）」で始まる「翁丸」という犬の話がある。

帝に五位の位をもらい、「命婦《みょうぶ》のおとど」と呼ばれる猫を、世話係が、部屋に入るように呼ぶが眠り込んでいる。ちょっと脅かすつもりで、

「翁丸、命婦のおとどを嚙んでやりなさい」

と言ったところ、それを本気にして飛びかかっていった。これを見て、帝は猫を懐に入れ、

「翁丸を打ちこらしめた上、犬島（淀の中州の島で犬の流刑地）に流しつかわせ」

と命じ、翁丸は追放されてしまった。
三、四日経った昼頃、犬の激しく鳴く声がする。
「流罪になった犬が戻ってきたので打ちすえてこらしめている」

と聞いた清少納言が、かわいそうなことと、止めにやった女から、

「死んでしまったので、御門の外に放り捨てた」

と、報告を受け、むごいことをと、皆で話していた。

その夕方、さんざんに腫れ上がり、ひどいかっこうでみすぼらしげな犬が震えながらうろついている。名を呼んでも、食べ物をやっても見向きもしないので、この犬は翁丸ではないということで皆の詮議はおしまいになった。

翌朝、中宮様の身じまいのお付きをしている時、昨夜の犬が柱の所にうずくまっている。清少納言が、

「翁丸は死んでしまったようだけど、かわいそうなことをしたものよ。今度は何に生まれかわっているのでしょう。打たれて死ぬ時はどんなにか辛い思いをしたことでしょう」

と、ふと口に出すと、うずくまっていた犬が涙をただひたすらぽろぽろと落とした。

「やっぱり翁丸か」

と言うと、地に平伏してひどく鳴くのを見て、中宮様もほっとしてお笑いになった。

こうしたいきさつで帝のお咎めも許されて、翁丸はもとの身の上になった。

居合わせた女房たちや、うわさを聞いた帝付きの女房たちも集まり、騒ぎを聞いた帝も、

「犬などでも人間のような分別があるものだね」

皆で笑いさざめく様子が行間から生き生きと伝わってくる。

読みながら私の心はあらぬほうに向いている。

翁丸のことばかりに気持ちが集中して、

「翁丸、おまえはちっとも悪くなんかないんだよ。かわいそうに」

胸塞ぐ思いで読み続けるのも辛い。

犬は、共に暮らし、慣れ親しむなかで、確かな信頼関係を築くことができ、すばらしい

能力を発揮してくれる。

無垢に純粋に主人の命令に従い、むしろそれを喜びとしている。あだやおろそかに命令するなどもってのほかで、まして、うっかりだの冗談など通用せず、女房の何げなくもらした一言が翁丸の身にむごい結果を招いてしまい、哀れを誘う。

清少納言は、

「それにしても、哀れみの言葉に感激して身を震わせて鳴き出した様子といったら、その知恵のほどは面白いし、心根はいじらしいし、もうこのうえない感動だった。人間であればこそ、人に同情の言葉をかけられて泣いたりするものだと思っていたのに……」

と、結んでいる。

今の世にも変わらぬ新鮮な感興を覚えた、千年も昔の犬の話である。

そして、ペットのタローを通して、身近な小動物にも心があることを、学び、おかげで、この物語が一層深い感慨を呼び覚ましてくれていることを、改めて思うのである。

タンポポ——綿毛の心模様

ふと気づくと

日々の暮らしの中では年齢のことなど忘れている。役所や病院などで、書類の記入にあわてて指折り数えたりして苦笑する。

日々老いてゆくことは十分承知しているが、だからといって毎日の変化を意識することはない。

それがある日、鏡の中の自分を、

「あら?　何だか違う」

そしてしばらくは忘れているが、また、ふと覗き込んだ鏡で、

「あら？　なんだか変」

使い慣れた口紅が妙にそぐわない感じになっていたりする。以前似合っていたはずの服に違和感を覚えたり、種々の変化が老いを自覚させてくれる。

そうなると、急に老け込んだようでうろたえる。だからといってどうするあてもない。やがてその状況に慣れて、また別の変化に気づき、諦めてと、波状的に繰り返すなかで老いを受け入れてゆくようだ。

この症状は何？

体調の乱れも気になる。肉体的のみならず、精神的な具合の悪さも老いゆえと、無理矢理意識の底に押し込めてゆく。

老いは徐々に遠慮がちにくるものではないようだ。ある時ふと意識し、ひとたび気になりだすと、あとはもういちいち数え立て、こだわり始めるときりがない。

ちょっと風邪気味だったりしただけで、命に関わるような病気になったのではないか？　足腰が痛んだりすると、何とかいう難病の兆しではなかろうか？　とりたてて肉体的不都合を感じない時は気分が滅入る。急に襲ってくる無常観というか、焦燥感というか、足元から崩れて、立っているのもやっとのような無力感。何なんだ、これは？

ホームドクターの先生が薬を出してくれた。

効能書きには「心と体の調子を整える」とある。

突如襲う動悸、頭痛にめまい。家事を放り出してクリニックへ駆け込む。

「先生、頭の血管が切れるのかも……」

「そう？　具合が悪いの？　お薬、ちゃんと服《の》んでる？」

「はい。でも、今回は絶対変です。わかるんです。せめて血圧くらい計ってください」

結局これといった異状は見つからずに終わることが二度、三度。

吉本隆明さんは『老いの超え方』の中で、こう語っておられる。

「年を取って精神状態がある軌道に入るともうどうしようもないわけですよ。老人なら誰でもこの軌道に出たり入ったりします。そこへ入ると『(略)もう体が不自由になり、病気になって死ぬことしか残っていないんだ』と落ち込んでしまう」

「では、抜け出すためにはどうすればいいのか。要するに、希望を小刻みに持つしかない。たとえば、今日孫と遊んで楽しかった。面白かった。そういう状態に持っていけるようにするしか防ぎようがないわけです」

とすれば、ここでなんとか踏み止まって、意識を変え、らちもないことにあくせくせず、まずは、今日一日を心健やかに過ごそう。

とはいえ、気を紛らす孫はいないし、現役家事従事者の身で気晴らしに出歩く自由もない人はどうすればいいの？

日向のタンポポ気分でやってゆくのはどうかな。春の陽射しに、みずみずしく鮮やかな黄色の花弁を広げていた時期を過ぎるとやがて、もう一度別の花を結ぶ。種が身を寄せ合ってふんわりと丸く白く、花と見まごうばかりの綿毛の風情。盛りの時を過ぎて訪れる、軽々と無心のそのたたずまいに我が身を重ね合わせて思う。人生においても、一応の活動期を終えて迎えるこの今を、優しい風に身を任せて揺れる綿毛の心地で、よけいなものにとらわれず心静かに思索に遊び、穏やかに過ごす時期として受け入れるのもいいなと。

「いっそのこと、日向の居眠り猫のたたずまいはどう？　居るだけで癒しの存在になるっていうのもいい」と友人。

そんなふうに簡単にことが運べば苦労はない。厳しい現実を見据えないとね。

いとおしき日々

身仕舞い（心ときめきするもの）

肉体の老いは、つまり、外見の変化も含まれる。

生物学的「若さ」は無理として、せめて「若々しく」いられたらと思う。若ければいいってものではないが、ただでさえ「ババッチク」なってしまうのだから、せめて身仕舞いをおろそかにせぬよう心がけよう。

身仕舞いは、普段から習慣にしておかないと、横着しているうちに、なし崩しにどうでもよくなっていってしまいそうだ。

外出の身仕度の時、いつも真剣に考える。

「去年の今頃、何を着ていたかなあ？」

それなりに「よし！」と意気揚々に出掛けたのに、後日の写真で、昨年と同じメンバーの集まりに、全く同じ装いで出席していたことに気づき、愕然とする。

鏡の前で、化粧の手順を間違えたりするのもしょっちゅうで、途中の化粧品の塗り忘れに気づき、うろたえる。

何かと億劫なくせに、妙に気を入れて鏡の前に座ることがある。気鬱気味で気が晴れない時、念入りに今風の化粧を果敢にやってみる。時には宝塚風に思いっきり彩ってみる。むきになってやっているうちに、だんだん抑圧されたものがホロホロと落ちてゆく気がする。そして、思いきりよく洗い流す。「さて、何かやろう」という気持ちになってくる。

着替えのついでにひとりファッションショーというのもいい。見慣れた服でもできる限りこれでもかと斬新にコーディネイトし飾り立て、鏡の中の自分に、「ありえな～い」と思わず笑ってしまうほどまで遊べれば目的達成。一気に服を脱ぎ捨て気分爽快。

清少納言も「心ときめきするもの」（枕草子第二十七段）として、

「洗髪して、化粧をして、香を薫き染めた衣などを着た時。ことに見る人もいない所でも、心の中はやはり大変気持ちよい」

としている。

古今、老若にかかわらず、女性にとっては、化粧も身仕舞いも、たとえ見せるあてがなくとも、心ときめくことなのだと思う。

傍から見れば、実に馬鹿馬鹿しいようだけれど、私にとっては、この単純な遊び心は、身近なことで非日常的状況に浸り、しばし老いの精神軌道から抜け出す思わぬ効用があるようだ。

もったいないこと

鏡の前の自己解放は束の間の気散じで、またすぐ気落ちの状態に逆戻りというのではもったいないではないか。

その「乗り」の気分を持続させる手段として、おしゃれをして出掛けてみよう。

家事仕事に定年はない。自由な外出はままならないが、日常の買いものは毎日行く。その時はお気に入りのものを身につけよう。

といっても、ブランド物とか高価な宝石などは縁がない。まず手元のアクセサリーの活用だ。

指輪は、悲しいかな、白魚の指の面影はどこへやら、サイズが合わず、ネックレスやペンダントはちょっとの重さでも肩が凝る。なかなかニーズに合わないが、身のほど知らずに衝動買いしたもの、記念のプレゼントなど、思い出の品々をしまっておく手はない。大層な値打ちものでもなし、せっせと使わないことには、もったいない。

アクセサリー類は、くたびれたTシャツなどにはさすがにそぐわないから、結果的に着るものが気になる。

「ちょっとそこまで」でも、大事なお気に入りからどんどん着よう。

今後何回出番があると思う？　しまいこんだまま、タンスの「肥やし」にしてしまうのは、それこそもったいない。

下着も同様。外で転んで病院に担ぎこまれないとも限らない。思い出すたびに赤面するようなことにならぬよう、もったいないなどとはいっていられない。

「いざという時」の用意にと、大事にしすぎて、普段着用の衣類を買ってしまう無駄をしてませんか？　この年齢になると、不測の事態は避けられず、一寸先は常に「いざという時」になりうると心得、さらに、一期一会を思えば、いつどなたに会うやも知れず、「今日はたまたま」、の言い訳はなりたたないと、気を引き締めているに越したことはない。

でも、一番もったいないのは、自分自身の見繕いをおざなりにして、まだいくらか輝く余力のある大切なこの時分を切り捨ててしまうことと思う。

街でユニークなファッションやアンティークなアクセサリーをあしらった年配のご婦人に思わず振り返る。それなりのセオリーを感じ、新鮮な感動を覚える。

そういえば、友人のある日のスカーフは絹の帯揚げだった。

どうせなら、なりふりにかまって、自分も周りも楽しく過ごさなければこの先の人生がもったいない。

所変われば

それなりに気負った装いで気分よく出向いた先で、「若作りをして」とか、「年も考えず」、揚げ句の果てに「誰に見せようってつもりかしら」と、意外にも同性の牽制のまなざしにあうこともある。冷ややかな視線を投げかけられても、常識を逸した不快感を与えない限りは気にしないでおこう。

私たちは身の周りのことを自分の尺度で判断して、無意識に拒絶してしまったりする。ちょっと視点を変えると、あっけないほどあっさりと持論が覆るから面白い。

一昔前になるが、スペインの地中海に面した村に暮らしたことがあった。

女性たちはおしゃれ上手で、アクセサリーにもかなり気をつかう。指には複数のリング、イヤリングは欠かさない。

普段は日焼けした肌にTシャツでも、いざとなると、香水の香をただよわせ見事に変身する。

特に年配の女性たちは外出時の気配りを怠らない。ご町内のスーパーマーケットに行く時でも必ずアクセサリーをつけてかなり気合いが入っている。もちろん洋服文化のせいもあるし、生活習慣の違いもあると、私は思う。

たとえば、ご挨拶のキスの習慣。一日に何回か抱擁し、お互いが至近状態になり、当然鼻や口は相手の頬か、耳か、髪に触れたりするわけだから、「汗臭くなかったかな、髪が匂わなかったかな」と気を揉まないためには、身だしなみに気を抜けないのは当然だ。

ビキニの水着も見方が変わった。

日本ではビキニの水着は若い人の特権とばかり、「カワイイ」とか「カッコイイ」とかの視点で着用を楽しんでいる。でも、私の感覚としては、うら若いお嬢様方の大胆さには「ちょっとどうかなあ」と思う時もあった。ところが地中海のプラヤ（海辺）で「そうか、だから水着はビキニがいいんだ」と認識したのである。

地中海の夏は、人々は近くのプラヤで、泳ぐというより日光浴にいそしむ。観光地ではないので、主に村の人とバカンスの別荘住まいの人である。空は毎日毎日雲一つない青空で、ビキニの水着の真価を発揮するのはその時である。水着の上をはずして仰向いて体中でお日様にあたる。ごく当たり前にあっけらかんとしていて、躊躇するほうが不自然と思える。つまり、上下つながっている水着はいうまでもなく「不便」なのである。

ある日、私も大学の夏期講座の友人たちとプラヤに出掛けた。ドイツとオランダの若い男性、カナダ、フランス、ドイツの女性たちとである。彼らは海でちょっと戯れた後、女性たちは美しい上半身をさらして寝椅子で日光浴。私？　Tシャツのまま。

ともあれ、おおらかに太陽を享受する女性たちのビキニの水着はとても機能的で、それはまさしく「生活上の実用品なのだ」と納得したのである。

ピアスに対しても同様だ。

若い人たちがピアスを上手につけているのはなかなかチャーミングだし、カラフルな髪に複数のピアスも楽しませてくれる。

が、私は単に生理的にダメ。耳に穴を開けるなんて、臆病なのか、ゼネレーションのせいなのか。まあ、ピアスの穴なんぞなくても別に、不便を感じるわけでもなし、「好みの問題」と思っていた。ところが、かの地では、極めて不便を感じたのである。しばらく生活しているうちに、「そうか、だからイヤリングはピアスが向いているんだ」と認識を新たにした。

日常的に日本と著しく違うところは挨拶のキスの習慣である。右と左の頬に一回ずつ、頬ずりだけの時もあれば、音だけさせる時もあるし、本当にキスする時もある。男女を問わず、友人に会った時、別れる時、プレゼントや厚意に感謝する時、家賃を取りに来た大家さんも来た時、帰る時、コミュニケーションに欠くことのできない手段で、うっかりタイミングを外すと気まずくなりかねない。そうこうして一日を終え、ふと洗面所の鏡を見ると、

「ない。イヤリングの片方がない」

またどこかで落ちちゃった。耳止め式イヤリングの片割れを手に、ピアスの必然的機能性を身をもって納得させられたのである。

偏見はなくなったものの、耳に穴を開けるのはやっぱりなあ。

以上はあくまでも私の見解だけれども。

そんな具合に、人それぞれ、それなりに理由というものがあるのだから、お互いにおおらかに受けとめ、人の思惑などにも惑わされず、ありのままの自分でのびやかにいこう。

ファッションも遊び心旺盛に、照れずに面白がれれば、心の老いはまだまだ。

花も紅葉も、いずれは

何かの集まりで、「見わたせば花も紅葉もなかりけり……」と、不埒なことをつぶやく御仁がいても、顔見知りの仲間内でのことと笑って聞き流す。「無彩色の奥ゆかしき美で……」などとあわてて取りなされたところで、まあ、本音もちらりと見えなくもない。

実際、身仕舞いに気を遣い、いろいろ手立てをしても、外見上の華やぎは若い人とは比ぶべくもなく、今更どうなるものでもなし、むしろ、年相応に見えながらも、好印象を与えられる存在でありたい。

今の世、化粧品も進歩し、さらにエステあり、整形ありで、アンチエイジングとやらに精を出す人も多い。若返り手段に資金を投じ、見た目の老いをいくらか繕ったところで、いずれは、また同じ結果へ行き着くことに変わりがない。

年齢を重ねることを潔く受け入れ、花よ紅葉よともてはやされずとも鷹揚に受け流し、その一方で「魅力ある存在感」を演出できたらすばらしい。

ただひたすらに過ぎ行くもの

今よりもっ早く老いを認めたであろう昔、先人たちはどんな眼差しを向けていたのか気になるところだ。

身の回りには親しまれている古典の書物が多々あるではないか。先人の知恵を是非とも拝借してみようと、手にとりパラパラとめくってみる。自身の老いをきっかけに、注釈を頼りに、おぼつかなくはあるが読み返してみると、若い時とは一味違う心に沁み入ることのあれこれ、滋味深さを味わえるのは、やはり年齢のなせる果報というもの。年を重ねてこそ得られた幸せと思えば楽しい。

「ただ過ぎに過ぐるもの。帆かけたる舟。人の齢。春、夏、秋、冬」(『枕草子』(第二百四十三段))

清少納言も、ただひたすらに過ぎて行くものとして、人の年齢を挙げている。一千年頃の作品とすれば、三十代半ばであろう。四十代を初老期とする当時の感覚からすれば、すでに光陰の流れの速さを実感として意識していたと思う。短い文章で言い切っている分よけい印象的だ。

小倉百人一首で知られる小野小町の歌も思わず頷いてしまう。

「花の色は移りにけりないたづらにわが身世にふるながめせし間に」（『古今集』春下）

桜花が春の長雨にうたれて散りゆくさまに我が身を重ね、花の色も自分の美しさも色あせてしまったなあ。空しく世を過ごして、もの思いに耽っているうちにと、彼女の吐息が聞こえてきそうである。

絶世の美人（といわれる）の身にとってはなおさら、容色の衰えは切実に思える。思う人の訪れを待つことに望みを託し、それも間遠になり、空しく時を過ごす。物思いの中でふりゆく身のやるせなさ。よほど強力な後ろ楯でもないと、身も心も安住できなかったであろう当時の女性たちの心許なさまで思いやられる。

それに比べると、当今の女性たちの多くは、はるかに長く自由な生涯を享受している。その恵まれたひとりとして、「せっかくの老後の時間を無為に過ごしてはあまりに夢がなさ過ぎる」と思いつつも、テレビをながめ暮らして我が身をふりゆくままに任せているようで後ろめたい。

それぞれの「時分の花」

この先、「魅力あふれる存在感」をどう演出し、どう磨くかが思案のしどころだ。無聊《ぶりょう》かつ無風流な老後をかこつのではなんとも芸がない。

芸といえば、芸道修業を説いた世阿弥の「風姿花伝」は私たちの日々の心構えと通ずるものがある。特に能役者の生涯を七期に分けて、それぞれの年代に応じた花（能芸の魅力の比喩的表現）のありようがとても興味をそそる。要約してみる。

十二・三より（少年期）……少年期の魅力を「時分の花」としている。児姿《ちごすがた》の美、引き立つ声と、それだけで魅力的だ。しかし、この「花」は「まことの花」ではない。単に、「時分の花（一時的な魅力）」である。

二十四・五（青年期）……「若さの花」、新鮮さを感じさせる、一時的な珍しさの花にすぎない。

三十四・五（壮年期）……盛りの絶頂で、能の奥義を極め尽くし、「まことの花」を体得する時期である。

四十四・五（初老期）……四十代を老境の初期とし、「身の花（声や姿の美）」「よそ目の花（演技を通して観客が感じる魅力）」も年とともに消え失せてゆく。この時期にも消え失せない花があるなら、それこそ「まことの花」であろう。

五十代（老年期）……一般的には「せぬ（演じない）」と言う以外に手段はないとしつつも、真に体得しきった花であれば、老木になっても花は散らずに残っていることを、父観阿弥の芸を例に引いている。

生涯に亘ってたゆまぬ努力と工夫の芸道修業の厳しさは、今の時代もあらゆる芸能や文化の伝承に息づいている。無芸の私にはその真髄を定かには汲み取ることはできないが、自分の日々を生きることを、ドラマの舞台を演ずると捉えた時、心にじわりと沁み入る。

幼年期から順を追って稽古のあり方、演じ方を説いているが、二十四、五歳の青年期は「時分の花」の盛りで、若さの花の新鮮さで実力以上に評価され、一時的な花に惑わされ、それがすぐに消え失せることを知らず、うぬぼれる危険を警告している。

芸道修業に限らずとも、振り返れば、お年頃の魅力は「番茶も出花」「薊《あざみ》の花も一盛り」の喩えをひくまでもなく、定かな自覚もないまま、若気の至りの恥の数々を置き土産に、すり抜けるように遠ざかっていってしまった。

そして壮年期。この時期までに奥義を極めないと、四十以後は退歩あるのみで、「まことの花」の体得は不可能とはっきり言い切っている。

つまり、私たちの、その人となりの成長はそれまでの生き方を通して熟成され、その仕上げはこの時期の心がけ次第となるわけで、私の心の安息を脅かすあまたの後悔はこれまでの不徳の成せることとで、じたばたあがいても「あとの祭り」。

いよいよ初老期から老年期で、ここからが私のこの先の人生にも関わる正念場の感がある。

目指すところの「できる、老熟の達人」には、これまでの生き方の品格も作用し、一朝一夕にはなれるものとは思えないが、近づくヒントは得られそうだ。

この年配からは、優秀な後継者を持たねばならぬとし、引き立て役として控え目に、また、無理をして欠点を見せてしまわぬよう、自身を知る心がけを勧め、それが道に達した人の心であるという。

「麒麟《きりん》も老いては駑馬《どば》に劣る」。駿馬も老いれば駄馬にも劣るとしても、奥義を体得していれば、老木にも花は咲き残るとしている。

兼好法師は「徒然草（第百六十七段）」で、自分の賢しさを持ち出して挑むものは、動物が牙をむき出すのと同じと、制し、人間ならば、自分の長所を得意がらず、他人と争わないのが美徳としている。

江戸の町衆の心がけや身のこなしとしての「江戸しぐさ」にも、「結界わきまえ（己の分際を知って立場をわきまえる)」という言葉がある(『江戸の繁盛しぐさ』越川禮子著)。自ら自分の身のほど・分際を、客観的に把握できるということで、江戸の人々の生きるうえでの基本の術も行き着く所は同じと見える。

とすると、老境に入れば、「謙虚の美徳」の分別を備え、それは同時に他人への気遣いということでもあり、成熟した大人のたたずまいの中に花を見出すことができるということと思う。

先人の記したものに心底得心するのだけれど、目指す花のある老人への道は遠い。

珠玉の言葉の数々に出会いながらも、活字を追う根気は衰え、襲う睡魔にも抗えない。最近とみに気になる視力の低下で、この先読書の楽しみもおぼつかなくなるのかと一抹の不安もよぎる今、老いとはかくなるものかと、また改めて実感するのである。

浦の苫屋《とまや》の秋の夕暮れ

気を取り直して、花ばかりか、実もある老境を探るものの、現実的な姿がどうも浮かんでこない。

江戸の町衆は年に応じたしぐさを見取り合って優雅に暮らしていたという。因みに耳順

（六十歳）代の「江戸しぐさ」は「畳の上で死にたいと思うな。己は気息奄々、息絶え絶えのありさまでも他人を勇気づけよ。若衆を笑わせるように心がけよ」だったとか。

六十歳を越えたらはつらつと生き、慈しみとユーモアの精神を心がけていたという。

そうか！　つまり、端的にいえば、「年をとりたくないなあ」と、若い人に思わせたり、「年はとりたくないものだ」と、周囲の人たちの嘆息を誘うような振舞はくれぐれもご法度ということだ。

後に続く人たちに、「老いは惨めなもの、単なる弱者にすぎない」と、マイナスイメージを与えるようでは、老いの先達としての資格がないと心得るべし。

同年代の人を見て自分も「あんな風に老いを曝しているのか」と、暗澹とすることもあるし、逆に、テレビを見ていて、「あの女優さんは私と同じ年。なのになんて魅力的！」と気分が浮き立ったりする。

自ら生活を楽しみ、充実感に満ちた生き方を体現すれば、関わる人たちに喜びと、安心を与える。その姿が、すなわち、老木に残る花に見合うと私は思う。

漠然と目安はつけられたように思うけれど、包み隠すほどの才も芸も持ち合わせぬ身に、今更「謙虚の美徳」でもあるまいし、ことさら善人を際立たせようと柄にもないことをしたところで失笑を買うのがオチだろうし、どうしたら魅力ある存在になれるものやら。

自然ににじみでる何か。何もないようだけれど醸し出される何か。それって何だろう。「毎日を大切に生きる姿勢」ではないだろうか。日常の些細なことにも心を込めて、「丁寧に」向き合うことで輝きを放つことができそうな気がする。この先、出会う事象のすべてをかけがえのないものとしておろそかにせず、毅然と生きる姿が、傍目に、「花がある生き方」と映れば申し分ないのだけれど。

兼行法師の深いお言葉、「桜の花は満開のさまのみを、月は一点のくもりのないもののみを見るものであろうか。……。今にも咲いてしまいそうな頃合の桜の梢、花びらが散りしおれている庭などこそ見どころの多いものである。……。とりわけ情緒を解さない人が、『この枝もあの枝も、花は散ってしまった。もうみるべき値打ちがない』などというようだ」(「徒然草(第百三十七段)」)

そんな見方をしてもらえたら心底嬉しいのだが、こちらの淡い期待をよそに、先方が、咲き残した花に気づいてくれなければそれまでのことで、気にしてもしかたがない。

でも、なかには、「鴫《しぎ》立つ沢の秋の夕暮れ」や「浦の苫屋の秋の夕暮れ」の風情に情趣を見出し感動してくれる方々もおられるはずだし、この先も心がけ次第で、それなりに花のある毎日が待ち受けていると思えば長生きをするのも悪くない。

思いを伝える

あと何万回のありがとう?

どんな些細なことでも、これが一度きりと思えば、おざなりにはできない。
一つ一つの事柄を手の中に包むように丁寧に向き合うこと、その行いを私の「花」として実践しよう。

レストランのレジで「ごちそうさま、ありがとう」と言った私に、「もっと慎ましく……」と、妹にたしなめられた。声が必要以上に大きいという。別に声を張り上げたわけではなく、もちろん時と場所も心得ている。

常日頃私は、「挨拶」、「お礼」などははっきり、ゆっくりと、聞こえるようにと心がけている。

最近特に気遣っているのは、年齢による聴力の衰えである。表面に出ないので意外に見落としているが、難聴気味の人は少なくない。せっかくの言葉も聞こえなければ意味がない。また、こちら側にも問題がある。年とともに声に力がなくなっているし、明瞭さも欠いてきている。

混雑ですれ違いざまに体が触れる。「ごめんなさい」と先方に言われ、こちらも「ごめんなさい」。せっかく言っても咄嗟に大きな声が出ない。聞こえていなかっただろうな、感じ悪いと思われただろうな、と後々までひきずる。

些細な関わりでもちょっと声を掛け合うだけで和やかになる。こちらの言葉に反応がないと妙な気分で落ち着かない。そんな時は「聞こえなかったのでしょう」と思えば気にならない。

掛ける言葉も少し変えるだけで受ける印象が違うみたい。

タクシーに乗る時、「すみません、〜へ」と言って乗り込むより、「お願いします」と言ってから行く先を告げる。そして下りしなには「ありがとう」を。心なしか和む。

道路の整理員の傍らを抜ける時、「ご苦労さまです」より、「ありがとう」と言うと「気をつけてね」と言葉が返ってきて心地よいと思うのは私だけだろうか。

スーパーのレジで、レシートを受け取り「ありがとう」、立ち寄った商店で買わずとも「（品物を見せていただいて）ありがとう」。

エレベーターのボタンを操作してくれた人、建物のドアを手で押さえてくれた人、狭い路地で肩をひいて、また、傘を傾げて道を譲ってくれた人、「ありがとう」の機会は溢れている。

同じ言うならニコッと笑顔を添えて。

人の好意は心に優しい。声に出して「ありがとう」と言うと、幸せ度は何倍にもなる。言われた人も悪い気はしない。心がほどよく溶けてしなやかになり、多少の不愉快なことはやり過ごせる。そのゆとりが生活を優雅にしてくれる。

「ありがとう」は心の柔軟剤。

この先、何回の「ありがとう」を言えるだろうか。言うたびに心に幸せ感を貯えられると思えば、何万回も言えるほど長生きをして「花ある生涯」を味わいたい。

「挨拶」は上等のスパイス

「袖擦り合うも他生の縁」。ごく些細な出会いも深い因縁の巡り合わせとか。

「躓《つまず》く石も縁の端」（道でつまずいた石でさえも何かの縁）とも。

そう考えると、日常親しく「挨拶」を交わし合える間柄はどんなにか深い縁で結ばれているのかと思うと厳粛な気持ちになる。広い世界で出会えて、縁を結べた偶然の奇跡を考えると、なんてファンタスティックなことだろう。

親子は一世、夫婦は二世、主従は三世（前世・現世・来世）の因縁にあるという。まあ、そこまでは意識せずとも、家族、友人はもとより、ただの顔見知りにしても、せっかくのご縁はずっと続いてほしいものだ。それには「挨拶」は欠かせない。

ここで言う「挨拶」は日常の人に会った時の親しみを表すお辞儀や言葉といったところである。

「挨拶」とは不思議なものだと思う。交わし合う時、お互いがひととき近づき、同じ時空を共有する。喩えれば、出会いから別れまでの一幕舞台の共演者。会えた喜びをお互いに確かめ合い、二言、三言で気持ちを通わせ、次の出会いまでの名残りを交わし合い別れる（軽い会釈だけでも心は込められる）、束の間のドラマといえなくもない。ドラマのよしあしは心がけ次第。

「一期一会」と思えば、「別れ際の言の葉」に思いを込め、一陣のさわやかな風を思わす風情を残し、会えたことで一日が豊かな残り香に包まれるような「挨拶」を心がけたい。

また、「この今が、この人との最後の出会いかも知れない」と、そんな思いに駆られるのは、年を重ねてますます強くなる偽らざる感傷だ。

粗雑な仕種でのあと味の悪さは取り返しがつかないから、というよりこの年になると、修復する時間にゆとりはないし、加齢による不都合（眼は白内障とか、緑内障とか、聴力の低下とか）も考慮に入れ、しっかり伝わるように心がける必要がある。

同時に、笑顔を添えて語尾まではっきり声を出しての「挨拶」のやりとりは、老いの精神活動の刺激にもなると思う。

「最近、『挨拶』の粗略さが気になるのは私だけかな。なんか素っ気なくて。最低限の作法ってものがあると思うのよね」

と、友人。

「そうね。味のある大人のやりとりが減ったのは物足りないわね。なかには、あー……、とか、どうも……とか、ってそそくさと語尾を濁しておしまい。まあ、形だけでも返してくれるだけましってものかしら」

「たかが挨拶だけど、日常の様式美ってものにこだわりたいとも思うのよ。ことさら大仰にってわけじゃない。一種の符牒として、正しく駆使すれば世の中スムーズで愉しい。決め台詞は、それなりにしっかり決めなきゃね。それが文化ってものでしょ」

「でもねえ、気の利いた言葉なんて咄嗟に出るものじゃない。自然に身についてゆくわけで。パブロフの犬の条件反射みたいなもので、私たちの世代くらいまでは体が反応して、どうにかそつなくこなせるのだと思う」

近頃、昭和レトロとやらで、町並みだの生活風景だの、郷愁をこめてもてはやされているようだ。私にとっては、日々の暮らしの中に飛び交っていた言葉がなつかしい。

日常の挨拶は言うまでもなく、「いってまいりまーす」と学校へ、「ただいまっ」とランドセルを縁側に放り出し、広っぱへ。卓袱台《ちゃぶだい》の前では、「いっただきまーす」「ごっそうさまー」

どんな腕白小僧でも当たり前に口にしていた。

門の外から「……ちゃーん、遊びましょー」と呼びかけ、「今ご飯だから、あとでー」と、家の中から声がして。

みな生き生きと声を掛け合っていた。

今はどうなんだろう？　携帯メールで「ためぐち」と「絵文字」を、俯いて背を丸めて黙りこくって、羅列し合っているのかなあ。

気の利いた生きのいい受け答えのマニュアルなんてないし、体温のある会話は疎んじられているのだろうか。

「静謐《せいひつ》なお茶席の挨拶も気分が引き締まっていいものよね」

と、友人。さらに言葉を継いで、

「優雅に思えたのは、ご近所の老婦人のこと。当時八十歳は越えていたと思うけど、ちょっと小腰を屈めて、控え目な微笑みでゆったりと会釈なさる姿が楚々として魅力的なの。そうね、丁度、新派の舞台を見ているような。聞くところによれば、以前どことかの名妓だったとか、なかったとか。

そういえば先日、近所の子供、学童前の男の子だけど、危険ないたずらを目にしたので、それとなくたしなめたの。どう伝わったのか、それからよ、その子の若い母親、道で行き合うと、あからさまにそっぽを向く。気にしないようにしているけど、やっている本人もストレスたまると思うけどどねえ……」

彼女はフーッとため息をついた。

彼女によれば、「挨拶」は暮らしのアクセントとして奥深いものなんだとか。

また、料理の上等のスパイスみたいなもので、手を抜いてもそれなりに成り立つけど、深い配慮で添えられた時、その香気に心おどり、酔わされるすばらしき存在であるという。

人から幸せをもらうには、自分からも幸せをあげるつもりにならないとね。「今日ここであなたに会えて嬉しい」と言う気持ちを込めた「挨拶」を心がけよう。お金もかからずかさばらず、いつでもどこでもいくつになってもできる素敵な贈り物。年金暮らしの老人にとって負担になるものではないから、せめて大盤振舞で、見返りに、浮き世の風が老いの身に手加減を加えてくれることを期待しよう。

とは言うものの、最近はうまく受け答えの言葉が出なくなり、口ごもり、目指す「挨拶」の美学からますます遠のき、もどかしい。これも歳のせいとして諦めるほかないようだ。そうなると、美学などと気取っている場合ではない。

年長者には敬いの、親しい人たちには誠実の、若い人たちには親しみのスパイスを添えて「挨拶」を送り、年相応の自然体で人との交わりを温めていければと思うのである。

気配りの加減

先日、道案内をして千円をいただいた。もちろんありがたく収めさせてもらった。

路上で、たぶん八十歳を越すと思われる老婦人に道を尋ねられた。目的のタクシー乗場とは全く反対方向で、かなり離れてしまっている。足下も危うげなので、ご一緒することにした。道々、

「昨晩、主人が救急車で入院したもので……。迷ってしまって……。遅いから心配して

いると思うと……」

と、涙を浮かべてそれでもホッとした様子。

駅まで戻り、いざ、タクシー乗車という時、

「これでお茶でも……」

と千円札を手の中に押し込まれた。

「いえ、お気遣いなく」

「本当にありがたいのですから。どうか私の気持ちですから。お願いですから……」

押し問答の末、頂戴した。心情がよくわかるからである。

年を重ねてこそ気づいたことであるが、気配りに「今度」という言葉はない、を実感している。

感謝の気持ちは納得できる方法、お金でも、言葉でもよいから、伝えたいことはその場で伝え、心残りないようにと心がけるに越したことはない。

若い時は、他人の親切をありがたく受け入れ、心からお礼を述べれば、それ以上の特別な配慮を気にすることはなかった。知らない土地、外国も含めてあれもこれもと思い出される受けた優しさの数々。その根底には、今ここで受けた親切はありがたく感謝して受け取り、そのかわり、いつかどこかで誰かに恩返しを重ねれば、巡り巡って親切の輪が繋がっ

て帳尻が合うようなのんきな考えでいたように思う。

確かに、未熟な若い時は周囲の大人たちに手を差し伸べてもらっても、将来、何倍にもして返せる可能性も機会も十分見込まれる。

だが、今の自分はどうか。そんな時間の余裕はもうない。都合がつけられるものといえば、いくらかの経済的な負担くらいのものである。それとても、欲しいものがなくなったがゆえのわずかな余裕を社会にお返ししたいというささやかなものではあるが。

年をとると親切にされることはあっても、人様のお役に立てる機会はあまりない。「ありがとう」の言葉は当然であるが、感謝であったり、労いであったりいずれにしても表し方に気を遣う。

新聞の「声」欄に亡き母上のことを書いた投書を目にした（要約の失礼ご容赦）。

筆者は整理中の荷物の中にのし袋やポチ袋を発見するのである。

「正月にタクシーを利用した際に『正月にお仕事ご苦労様』と言って『お年玉』を渡すのが作法でした。配達などの仕事で家に来た人にも同様で、そのためののし袋をたくさん用意していたのを思い出しました」「それを引き継いでいるが、そんな時『お金はこうやって使うものだよ』との母の言葉が天から聞こえてくるようです」とある。

そういえば、私の母たちの世代の人たちはゆとりはないながらも、子供へのお駄賃はもとより、ちょっとしたことにも心付けの気遣いをしていた。

ある意味、今よりももっと格差社会であったわけで、傲慢な目上からの目線ではない、小さな思いやりで心豊かに暮らしていたように思う。

私も、そういう行為が嫌みなくできる年になったのだから、少しずつ世間様にお返しをしてゆこう。

同じように思っている友人も多い。

「無理のない程度でお金は多めに支払う心づもりでいることが、あとで後悔しないためには肝要よね。年をとると次の機会はないものと思わないと」

「そうね、たとえばタクシー。乗り降りに敏捷さを欠いているうえ、以前は表通りまでだったけど、路地の自宅近くまでお願いするのだから、ほどよく多めにとしているけど。それと、家電の修理や自宅メンテナンスに来てくれた人には茶菓の接待をしないかわりに、場合によっては『お茶代』として上乗せして渡すようにしているし」

「冠婚葬祭のお包みの額も、けっこう後で気になったりするからこれは潔く……ね」

「会合の定額でないお勘定も難しい。中座で帰る時なんか特に。次の機会はないから気を使う」

もちろん、相手によっては、好意をありがたく受け取り、もらいっぱなしで心に温めておきたい場合も多々ある。

あくまでもゆとりとの兼ね合いで、無理をする必要はない。個々の気持ちの問題である。外国では、日常的にチップの習慣があるが、親しい間での加減がむずかしい。ホームステイをした家で、五十代の私は、もう会えないだろう人たち相手なのだからもっとおおらかに散財して、喜ばしてあげたらよかった。今頃思い出して悔やんでいることも多い。いずれにしても、この年になったらからこそ気づいたわけで、今後のために活かせればいい。

個人的なことばかりでなく、被災地やNPO活動など、社会にお返しできる機会はたくさんあり、今からでも十分間にあう。貧者の一灯の心積もりを忘れないようにと思う。

そんなわけで、外出時には使い勝手のよいような金種を多く用意する習慣をつけている。お年寄りに手を差し伸べて、予想以上のお礼をされても、「そんなつもりじゃないのに」と思わずに、その心境を汲み取り、受け取ってあげるのも思いやりのうちなのである。

本当に大切なもの

花の顔《かんばせ》

年とともに当然のように容色の変化は訪れる。

古来、「女房と畳は新しいほうがよい」とか。何につけ、「新鮮なものはよい」とすると、若さにはどうあがいてもかなわないということになる。

特に容貌についてはどうか。年をとることで容色そのものが衰え、顔としての価値が低下してしまうのか。人の顔の美醜の基準とは何だろう。

今までの人生の中で一番よい顔はどれかとアルバムをめくってみる。どの時の顔も全部私で、とりわけ若い時が際立っているとは思えない。そして鏡の中の今の顔も見慣れているせいか嫌ではない。

顔は人形のように固定したものではない。

「顔」についてとても的確で、心に響いた朝日新聞の記事を勝手に要約の失礼をお詫びしつつお借りしてみた。

原島博先生（日本顔学会・東京大学名誉教授）は、「社会が複雑化し、複数の役割を使い分けざるを得なくなり、多くの顔を持つ必要に迫られた。だからこそ『本当の自分の顔』を新しく作り出す必要がある。ほかから与えられているものではない『メーンの顔』をどう作ってゆくか考える必要がある」といわれる。

作家の平野啓一郎さんはその作品の中で、「相手に応じて自分の内面を巧みに使い分ける生き方を『分人主義』と名付ける。分人とは、具体的には顔の表情である。好きな人といる時間が長ければ、その表情をしている時間が長くなる。それがその人の『個性』につながる。誰と一緒に生きてゆくべきかということが、大切になってくる」とか。

演出家蜷川幸雄さんは、「メール交換を繰り返すなど、生の接触が減った現代人から決定的に表情が失われた」「感情・表情を取り戻す」ことの大切さを説いておられる。

大切な人と過ごす幸せ感のもたらす表情や大好きなものに囲まれ心満たされる表情を持続し、魅力溢れる顔を作り上げたいものと思う。

表面的な美醜など、ただ肉体に張り付いている包装紙と思うとまことに空虚なものである。

この先もっと深みのある顔を、自分の心がけ次第で作っていけるとすれば、年を重ねる楽しみと受けとめよう。

「女房と味噌は古いほどよい」（成熟してよい風味になる）との諺もあることだし。

朋あり、遠方より来たる

「朋あり、遠方より来たる。亦《また》楽しからずや（同じ学問を志す人が遠方から集まってくるのはなんと楽しいことではないか）」と「論語」の一節にある。

深い学問などおよそ関わりのない私にも何ともうらやましい楽しみと思える。

若い時は何となく仲間と一緒に集って、とりとめなく過ごしていても、それなりにわかり合えるような安堵感と連帯感の中で楽しかったように思う。

ところが、この年になると、誰かとただ一緒に居ることだけでもエネルギーがいるのである。

人それぞれ内に秘める思いの成り立ちの違いは当然のことだし、異なった環境・経験で培われた意識にも差があり、それらを思いやりながら、居心地のよい時空を共有するのにはかなりの心遣いを必要とする。

守るべき会話のマナーが試されるのである。

必要以上のプライバシーをあれこれ詮索されたり、与《あずか》り知らぬ個人的な話題を延々と披瀝されたりと、翻って我が身に置き換え、自重すべきことと肝に銘じる。

第一線を退き、ただの一老人として自分をさらすようになれば、学歴・貧富などの付帯状況の相互比較などあまり意味をなさないように思える。

その人自身の持つ魅力で引き寄せてくれる友人に恵まれたら本当に嬉しい。

周りを見回せば、いろいろなご縁の方たちに囲まれている。特に家族や幼馴染みは素を曝け出せる気安さもあり、十分幸せ気分を満たしてくれる。でも、ちょっと違う。

慣れ切ってしまわない、未知の人の魅力を知る楽しさに出会いたい。

そういう友人とどうしたら出会えるのか。

文化人類学者の西江雅之先生は、朝日新聞「出会う」欄で「出会いは実力」とのこと。

「誰かあるいは何かと本当に出会うということは、当人の知識と感性のあり方を抜きにしては語れない」

「見る目があれば世界は豊かな驚きに満ちているはず」で、

「ただ多くの場合、そうした出会いをすばらしいものにする当人の実力が伴わないというだけである」

「本当の出会いは本気の覚悟が必要。しかしそれを持つのは極めて難しい」

と書いておられる（勝手に要約の失礼をお詫びします）。

なにやら難しいが、同じ感性や価値観を持ち合わせ、お互いの存在を認めつつ、ほどよい距離を保てる友人とたくさん交友を持てたら、今後の人生は極めてファンタスティックに展開するはずである。

作家の田辺聖子さんは朝日新聞「人生の贈り物」の中で、

「人間って不思議なもので肌の合う合わないが絶対あんねん」

「でもね、何年かたってその人に会ってみたら『ああ、この人はこういう感じだったのか』と、新しい発見をすることもありますね。自分が年を重ねたことによって新しい芽を生みだすかも知れない」

「出会いに対する期待を失ってはダメよ」

と語っておられる（要約の失礼をお詫びします）。友人は多ければいいというわけではないけれど、「お付き合い」は「財産」と心得、いたずらに浪費せぬよう、しっかり守り、温め、増やしていけたらと思う。

そうでなくても年月と共に失せてしまうご縁も多かろう。

清少納言は、めったにないもの（「ありがたきもの」）として「枕草子（第七十一段）」、「男女の仲についてはいうまでもなく、女同士でも、行く末長く仲良くと契っても、終わりまで仲のよいことはめったにない」としている。

いつの世でも変わらぬ、人付き合いのおぼつかなさはあるとしても、せっかく出会った友人に愛想を尽かされぬよう「自分の内なる花」を育て、魅力ある存在でいたい。

この先、思いの叶う出会いなどそうあるとは思えないが、「あるかも知れない」と、待ち受けるアンテナを錆びさせぬ心積もりでいよう。

冒頭の「朋あり、遠方より来たる。亦楽しからずや」を「うらやましい」と思うのは、同じ志を抱いた者同士の交友はどんなにか満ち足りたものであろうかと想像に難くないからである。

「ロマンチック」にずっと

人と過ごす楽しさの要因はいくつかある。

安らぎや幸福感は家族や幼馴染みから十分得られる。加えて、同性であれ、異性であれ、ある種の「ときめき」、心の高揚感をもたらしてくれる人がいたら嬉しい。

この人と会話をしながらの食事はおいしい、この人と見る絵は感動を掘り下げられる、一緒に散歩をすると見慣れた景色も慕わしいなど、当たり前の日常の中にも楽しさを誘発し合える友人がいたら、この先の人生はさらに豊かになると私は思う。

若い人の特権と思われる「恋心」に、感性の点で通うものがある。同じとはいわないが、それに似た心情は年齢にかかわらず持ち続けていたほうが幸せなんじゃないだろうか。

「よろづにいみじくとも、色このまざらん男は、いとさうざうしく、玉の巵《さかづき》の当《そこ》なきここちぞすべき（万事にすぐれていても、恋の情趣を解さないような男はひどく物足りない。底のない玉の杯のような感じがするにちがいない）」（「徒然草（三段）」）と兼好法師は書いている。だからといって、早合点してはいけない。

「恋に夢中になっていても、ひたすら溺れこんでいるというふうではなくて、女に一目置かれているというのが好ましい生き方であろう」と結んでいる。

若い時の情熱とか、表現行動はさておいて、美しい、好ましい、気になるもの、人に寄せる情緒、情趣ととらえれば、ひかれる心、いわば「恋心」はいくつになっても失ってはならない「心の花」と思う。「好奇心」と「感動」で「わくわく」できる柔軟な心を年と共に老いさせないようにと思う。

吉本隆明さんは、その著書『老いの超え方』で、「女性の存在というのは、死ぬまで男性のお年寄りにとっては意識するものですか」の問いに、

「思います。ある瞬間すれ違ったというだけでも、『ああ、こういう美人がいるもんなんだ』というそれだけのことが、その日の気分を和らげるとか高揚させるということはありますね。それは生涯あるのではないでしょうか」

さらに、

「だからどうということは、異常でない限り考えません。気分を左右する、和らげると言う意味合いなら、両性ともに死ぬまでそれはあるのが普通だし、あったほうがより気分がよいのではないかと思いますね」

と答えておられる（要約の失礼をお詫びします）。

友人の言葉を借りると、

「私たちの側からしても、おしゃれな男性には自然と目がいく。電車の中でもセンスのよい若い男の子がけっこう多いし。中年になった時はどんなだろうなんて想像してしまう。でもやっぱり、男女を問わず、年配の人の年季が入った身だしなみ、服装に限らず、仕

種や言葉遣いも含めてね……に出会うと、気持ちが弾む心地がするわ」

いずれにしても、お互いにそういう目線で見られているかも知れないと思うだけで生活に張りが出る。美の対象とかは超越して、「なんだか好印象だ」という存在にはなりたいものだと思う。

おしゃれ上手な友人がいる。七十歳を越すが、何事にも彼女なりの一家言を持っている。ハイキングの時でも一味違うスタイルで決めている。

彼女によれば、

「ラフなのと、雑なのとは違う。山歩きだからといって、『汚れてもよいスタイル』ではなく、『汚れても、良いスタイル』」

の違いなんだとか。

汗ばんでも、汚れても見苦しくならないように心がけるのだそうだ。

ある時、上質のパジャマやガウンを購入していた。

「この前も素敵なのを買ったのに、また買うの？」と聞いたら、

「これは万が一の入院に備えて。そういう環境だからこそ、あり合わせや一時凌ぎでなく、なお一層気を使いたいの。自分も周囲も気分がいいでしょ」

その心意気に乾杯。

年齢を重ねたからといって、心まで年をとるわけではなし、今更「白馬の王子さま」とはいかないまでも、少々ロマンチックな気持ちを持ち続け、いろいろな出会いにわくわくしながら生きたほうが楽しいと思う。

老いると、物事に幅を持たせて考えられる特技が身に付く。「そうあればいいなあ」と思いを巡らすだけで充足感に浸れる。

旺盛な想像力と活発な精神活動であれこれと思い描き、嫗《おうな》は今日も退屈知らず。でも、実生活では、あの盲目の亀が浮木の穴に入るのと同じくらいとまではいかないまでも、理想の友人と出会う機会などなさそうだし。

それよりもまず、「いいなあ」と思う人にお近付きになっていただくには、私自身が「いいなあ」と思われるようになっていなければ話にならないのである。

品よく暮らす

兼好法師は、「いやしげなる物」（『徒然草（七十二段）』）の中に、「いやしげなる物、居たるあたりに調度の多き（いかにも下品なもの。座っている場所のあたりに道具類が多いさま）」

を挙げている。

年々身の回りに増えてゆく品々。存在すら忘れてそのまま打ち置かれたもの、あれば便利かもとの心積もりだけで購入したもの、衝動的に手に入れたもの。それらは本当に必要なのかと思案する。

司馬江漢（江戸後期の洋画家・思想家）は、「人、一生涯、衣食住のために求め得る処の諸器諸家具、己に得んとて利を争いて求め得る処のものは、皆塵なり」。さらに「人の死は天地からきて天地に帰るだけ」だとか。

財産などは塵のようなものであったのであろうと磯田道史先生は解説しておられる（「磯田道史のこの人、その言葉」朝日新聞）。

とはいえ、私の如き小市民は生活するうえで多めの道具類が周りにないと落ち着かない。だからといってどこかで見切りをつけないと、生活空間は浸食の憂き目に遭う。

つい先頃まで、人生はまだまだ終わりそうもないように何となく思っていた。しかし限りある人生を想定し、そこから逆算して物事を考える年になってみると、身辺を見直し、不必要なものはみな塵として身から離してゆく覚悟がいる。見苦しきものを人の目にさらしたくないとなれば、なおさらだ。

私流仕分け法

○家具

非家具三原則――作らない、買わない、もらわない。

座り心地のいい椅子、使い勝手のいい机、安眠できるベッドがあれば十分である。

特に収納家具については、まだ入れる余地があるとの依存心はさらりと断ち切る。なければないで無駄なものを溜め込まないで済む。

○食器

「ものは器で食わせろ」とか。

こだわりのテーブルウェアは、幸せな食卓の条件とばかり、時はバブルの真っ盛り、ディナーセットなどを買い込み、また無理をしての和食器など、何回も使わず、しまいっぱなしの数々。寂しがって夜泣きをしているんじゃないだろうか。はい、ここでお気に入りのものほど毎日使おう。文化財級のものはないから気楽である。

年と共に握力が落ち、取り落とすことも気にしない。陶器は元来壊れるもの。破損したら、命を見届けてあげたと思うことに何の障りがあろう。

母が言っていたっけ。

「食べ物は残さずきれいに食べましょう。魚は食われて成仏するの」

大切にちゃんと使ったからこその果報とすれば「役立ってくれてありがとう」となる。
○本
読んだ時の感動や発見が本の命。何度も読みたい本は意識せずとも手元近くにいつも置くはずで、長いこと本棚の場所を動いた形跡のない本は迷うことなく古書店へ。手元に置いておきたい愛読書や生活技術の参考書類は別として、古い本の大半はまず手にすることはない。

夫は退職を機に、譲り先のない本は、古書業者に、潔く引き取ってもらった。私も渋々従ったけれども、思いの外気分爽快になった。手放すきっかけがなかっただけだったと思う。

日常の資料や情報はパソコンで探せるし、辞書類は電子辞書で大方間に合う。

この年になると、若い時と違い、楽しみながらテーマにたどり着く時間的ゆとりがない。

思えば、引っ越しのたびの本の移動はなんと大儀だったことか。

読みたい本、評判の本は買ってすぐに読む。

図書館などを利用する手もあるが、待つ時間が惜しい。

保存の気持ちがなければ、読んだらすぐにカバーも帯もそのままに新品同様で古書店へ。読みたい人の手に渡れば、本も幸せ。最近は古書流通のシステムも充実してきたことだし。「せっかく買った本を」と思ってはいけない。

料理と同じで、この身の滋養になれば使命完了となる。

本棚は処分して、積んでおく場所を作らないことが肝要である。

と、心に決めたつもりでも、時々後悔することがある。ふと思い浮かんだフレーズに、「確かあの本の中だ」と思うが、その本は手元になく、確かめる手段のない無念さといったら。

そして今、本がまた少しずつ増えつつあるのを許している私である。

いただく、差し上げる

「身死して財《たから》残る事は」(『徒然草』(第百四十段))に、

「死後にはあの人にあげようと心に決めたものがあるなら、生きているうちに譲るべきだ」

とある。また、

「人に物を与えるにも、これというきっかけもなくて、『これをさしあげよう』というのが、本当の好意である」（「徒然草（第二百三十一段）」）

とし、何気なくするというのがもっともよいという。

母の友人は、車椅子の生活になった時、母に、「着てくださる？」と上質の大島を渡していた。私の年の離れた友人も私に「あなたに似合いそうだから」と戦前のアンティーク・ジュエリーの美しいネックレスをくださった。

何かにかこつけたりせず、日常にさらりと溶け込ませる床しさを思う。

いくつになっても、贈り物をいただくのは嬉しい。でも一方で、この年になると、差し上げる側といただく側、双方都合が異なり、儀礼的贈答と、物が増える迷惑の結果だけともなりかねない。よくよく心して遣り取りしたいものである（今の私は、お付き合いの諸々はお金をお包みさせていただいている）。

「朝夕なくて困るものならともかく、それ以外は何も持たずにいたいものだ」と兼好法師は百四十段を結んでいる。

それが理想と思いつつもなかなか思うようにはいかない。でも私にもちょっとしたこだわりがある。どんな場合でも、「お目々のあるものはご遠慮しているの。ごめんなさい」と言う。

たとえ、それがいかにかわいいぬいぐるみであろうともお断わりしている。処分する時のことを思うと何やらやるせないからである。
そして、もらって嬉しいもの。自筆の手紙。

趣味・お道楽

物心ついてから、楽しみを求めて入門したもの、野次馬的興味でかじってみたもの、流行に乗って始めたものなど、語学に楽器に花嫁修業の数々と、ちょっと数えただけでも十指に余る。

なかにはすぐに飽きたものもあるが、そのほとんどは本当にためになったり、更なる興味の糸口になったりと、なんらかの意味で生活を彩ってくれた。自分の性に合ったものは現在まで楽しみと実益をもたらしてくれている。

成りゆきでそうなっただけだが、技術を身につけることが主眼の実用本意の姿勢で、物の形で残っていないのが今にして思えばよかったような。

学びの途中で生まれた拙《つたな》きものは一切手元に残さず整理していた。

でも、私にもまとめて処分したものがあった。書道の道具類で、買い置いた画仙紙などの紙類に硯、筆、墨、印材などかなりの量であった。現在は自然石の形を活かした小振りの端渓《たんけい》の硯とだいぶすり減った墨、手に馴染んだ上質の仮名筆、土佐半紙少々を手元に残すのみである。

幼少の頃から心に掛かっていたことがある。

趣味や芸事は万人に公平ではなく、左利きには極めて不利なものが多い。たとえば、算盤、茶道、書道など右手でないと不都合で、手芸の本など図面は右手用。生活用品から箸使いまで数え上げればきりがない。

私は左利きなのである。

茶道や日本舞踊など初手から諦めた。

つい、左手が先に出てしまい、不利な右手で所作をこなすなど心が欝屈してしまいそうだったから。

文字は右手で書きやすいようにできている。こればかりは逆らいようがない。

母は幼児の私に、工夫をこらした。藁半紙におおきな木を書いてくれた。枝をいっぱい広げた葉っぱのない木である。それに右手で「リンゴ」をつけろと言う。右手で丸をかくところから始まった。そして小学校に入ってから書道教室に通い、ひたすら右手で書くための訓練の毎日だった。人よりハンディのある分よけい美しい文字に憧れた。ある時期から生活に必要な書簡が書けることを目標にひたすら小筆書きの漢字、仮名の連綿（小野鵞《が》堂《どう》流の仮名、高野切《こうやぎれ》、関戸本古今といったような）を習っていた。おかげで右手で書くのに不自由はなくなった。そして力の要らない筆は私の好きな筆記具となった。

大きな文字を書くことがなかったので、作品が残ることなく、処分の苦労がなかったのもよかったような。

最近新たな楽しみを見つけた。道具がいらず、体力もいらず、人に迷惑がかからず、いつでもどこでも寝ながらでもできる。そのうえ余分なものが出ない。それは、「俳句」。添削講座に入門した。実は、短歌でもよいのであるが、三十一文字の根気がなく、十七文字ならどうにかと、「五・七・五」と指折りながら、駄句をひねっているのである。

この年になったからこそ、「俳句」のえもいわれぬ滋味がわかるようになったと、年をとるのもなかなか味なものよと、ひとり悦に入っている。

持て余さない財物《たからもの》

過ぎたるは

「徒然草（第百四十段）」に、

「身の死後に財産が残るなどということは智者のしないことであろう」

とある。

「つまらぬ物を貯えておいてもみっともないし、故人はそれに思いを残したことであろうと思われてむなしい。遺産がむやみに多いのは何にもまして感心しない」と続く。

その後に予想される財産争いなどは、縁無き衆生の私には関わりないが、気になることはある。

父や母など、故人に関わりのある品々の整理の辛さをご存知だろうか。まつわる思い出にひかれて手元に残して置きたいもの、なにやらいわくのあるらしきこだわりの品、そのひとつひとつを吟味していたらきりがない。時間がたつほど未練は深まり、収拾がつかなくなる。写真や手紙、こまごまとした手回りの品などまで、仕分け処分する悲しみを愛する人たちに負わせてもいいものだろうか。そういうことも含めて、普段から余分なものは持たず、身の周りをすっきりと生活したいものだと思う。

鴨長明も「方丈記（ありにくき世）」で「財産があれば心配が多いし」とし、スペインの諺にも「大船に苦労多し」とある。

いっそないほうが気楽だと言えるのは、もともとないから言える強みである。

便り

親しい人からの手紙などの便りはいくら増えても苦にならない。

佐藤愛子さん著の『こんなことでよろしいか』の中に、通信手段のことを辛辣ながら、ユーモアにくるんで書いておられる章がある。そして手紙のことに触れ、

「顔を合わせている時は、声の調子や表情の補《おぎない》があるから、『昨日はごめんね』で済む。

手紙にはその補がない。文字だけであるから、こちらの心情を伝えるための言葉を考えなければならない。そこにおのずからその人の教養や人情が現れてくる。手紙の妙味はそこにある」

と。

古来、「文は人なり（文章には筆者の人柄が現れる）」とか。何にしても便りは嬉しいものである。

清少納言は、「過ぎにしかた恋しきもの（過ぎ去った時が恋しく思われるもの）」（「枕草子（二十八段）」）として、

「時が時だけに、受け取ってしみじみ読んだ人の文を、雨など降り、所在のない日に見つけ出した時」

を挙げている。

人の心にしみじみとした情趣をもたらし、手元に残してもらえるような手紙を書きたいものだ。

好もしい文字を持てたら

「春の雨硯に受けて仮名書かむ」

誰の句だったろうか。

「枕草子（第二十一段）」の中に、

「村上帝の女御がまだ姫君と呼ばれていらした時、父大臣がお教えになったことは、第一に習字をなさい。次には琴。……。そのうえで古今集の歌二十巻を全部暗誦……」

とある。御簾《みす》や几帳の中で育つ姫君にとって、男性に我が身の人柄を知ってもらう手段としての妙筆がいかに重要であったかは想像に難くない。

「源氏物語（梅枝《うめがえ》）」で源氏が紫上に当代の仮名について語る場面がある。

「中宮の御手（筆跡）は風情はあるが、才気が乏しい。……故入道の宮の御手は気品のある美しさはあるが、か弱くはなやかさが不足しておりました。……朱雀院の尚侍《ないしのかみ》は当代の名手ではあるが、しゃれすぎていてくせがあるようですと、小声でお話申し上げなさる」

筆跡と面影があいまって心に留める様は興をそそられる。

現代でも、思いもかけぬ床しい手紙で、その人を見直したりすることがある。

最近書道ブームとやら。「書の甲子園」と呼ばれるコンクールまであるとか。好ましい傾向だと思う。

自己表現の手段として、自由に表現する芸術書道も一つの文化としていいが、伝え合う手段としての文字の本来の役割も大切に、と思う。

そのための美しい文字を持ち、そしてそれを日常に駆使できるのは手紙くらいしかない。表書きを目にした瞬間、名前を見なくても相手がわかるというわくわく感。携帯やパソコンのメールではそうはいかない。

せっかく書を習っているのなら年賀状の時くらいは活用というのもいい。パソコンの毛筆風は整ってきれいだがどれも同じ表情で、マネキン人形のようで味気ない。文字の濃淡や大小、字配りの変化がないせいだと思う。文字の歪みなどはかえって味わいがあり楽しいのに。

書を習ったからどうのというのではない。

源氏も、

「昔の人の筆跡（て）は決まった書法にかなってはいるようだけれど、のびのびとした気分が十分でない。どれも一つの型にはまっているという感じ」

と論じている。

字の表情は人それぞれ。個性豊かな字で、せめて一行でも、手書きでとお願いしたい。ボールペンでかまわない。せっかくお年賀をくださるなら、文面にあなたの存在を感じさせてほしい。

つまり、早くいえば、自筆の手紙をもらうのが私は好きなのである。

現代の筆

筆も好きだが、もう一つ好きな筆記具がある。万年筆。

私は、手紙は全部万年筆で書く。便箋の上を走らせる感覚と、筆圧で表情を変える文字が楽しい。高齢の私の手にはボールペンで押しつけるように書くのは肩が凝るし、指も痛くてつらいということもある。

結婚後、夫からプレゼントなどもらったことがなかった。でも、退職した時、渡してくれた物がとても嬉しかった。日常身につけていたオメガの時計と未使用の万年筆数本（モンブラン、パーカーなど）である。

四十年間、時を刻み続けた自動巻の時計は文字盤が老眼の眼には見やすくありがたい。

万年筆は思いがけなく長年の夢を叶えてくれた。

戦後、占領下で、ハローとギブミーチョコレートとが最初の英語だった私たちがあこがれた舶来品。その中でも、万年筆はかなり後年まで、私にとってはひときわあこがれだった。

モンブランは、今でも時折テレビニュースの外交の場でサインの際、チラリと雪の白い結晶模様が目に入る。

矢羽根模様のクリップと、全体金色で中央部に少し膨らみをもったパーカーの万年筆がすごく欲しかったのを思い出した。それがもらった中にあったのである。ずいぶん前にいただいたものであろう。そう高級品ではないが、懐かしい友達に会ったようで嬉しく、もちろんすぐに使い始めた。そのほかのものも紙に合わせて使い分けている。

最近また、こだわりの万年筆が見直されているとか。鳥取にオーダーメイドの店があり、全国から注文が引きも切らず、一年半待ちだそうだ。自分だけの癖のついたペン先（筆とペンは他人には貸せない）で紙の上を走らせる心地よさを知れば、絶対に手紙を書きたくなると思う。

そういうこだわりは、その手の機器類に弱いことの裏返しだろうと思われがちだが、私たちの世代は意外と機器類に違和感がなかった人が多い。英文タイプの技術は、キーボードをハイスピードのブラインド・タッチでこなせる。タイプライターの苦労に比べたら初期のワープロだって夢のように便利ですぐに移行できたのである。

手紙の原稿はパソコンを使っても、必ず清書し何回も読み直す。もちろん万年筆で便箋にしたためて出す。

単に私の好みであるが、ブルーブラックの万年筆で書かれた、男性の大きめの文字の手紙は魅力的である。今やそれは希少価値の感がなきにしも。

文学館などで目にする作家の太い万年筆の原稿もいい。何回も推敲を重ねた、今にも息遣いが聞こえてきそうな風情がこたえられない。

どこか体の機能に不都合が生じたら、最先端の機器類のお世話になるかも知れないが、せめて五体満足なうちは、緊急時は別として、せっせと便箋にペンを走らせようと思う。字の巧拙の問題ではなく、相手を思いながらの文章の心配り、文面の字配り、紙や封筒の選択などと、装う楽しみは、おしゃれ心を刺激する。

この年齢になると、そんなに急ぐこともないのだから、早い、手軽のファーストフードより、時にはシェフの心づくしのディナーを味わうゆとりもいいのではと思うのである。

心に優しいこと

いろいろ片づけてだいぶ身軽になったようだが、気になることがまだある。受けとめ方次第ではとめどもなく大きく厄介なもの。

それは心の中の重荷。良くも悪くも溜まりに溜まり、時々フッと思い出し、心が浮き立ったり、沈んだり。できれば心地よいものだけを身の内にとどめることはできないものだろうか。心に優しいことだけを温めて穏やかな心地で過ごしたい。

精神科医の斎藤茂太先生著『いい言葉は、いい人生をつくる』に、

「悪い感情は話さず書こう。書いた紙はしまい込もう」

とある。

「ネガティブな感情を書くという行為によって、一回、自分の外に放り出す。そうやって距離を置くことにより、悪感情は浄化されてしまうのだ。後になってこの日記帳（先生は「からたち日記」ならぬ「はらたち日記」と命名）を読み直してみると、人は案外つまらないことに腹を立てたり悔しがったりしていることがわかり、自分の器の小ささを反省するよい機会にもなる」

と書いておられる。

先生に倣い、この際だから、試しに悔しかったこと、腹立たしかったこと、不愉快なことを書き出してみたら、恨みつらみに愚痴の数々。そのうえ、書くのさえ疎まれる思い出したくもない記憶も浮かび上がり、ストレスとなり、心の整理どころではない。

過日の朝日新聞アンケート「誰にも言えない秘密はある？」との質問に、はい五九％、いいえ四一％とあった。秘密の大小、深刻さの違い、性格にもよろうが、誰だって隠しておきたいことの一つや二つはあっても不思議ではなく、後ろめたさを抱えているのは私だ

けではないのだと言い訳がましく自己弁護する。

さらに、清少納言の「うれしきもの」に（「枕草子」第二百五十九段）、

「にくらしい者がよくない目に遭うのも、こちらが仏罰を得るだろうと思いながらも嬉しいものだ」

と、さらりと書いてあるのを目にしては、特に私だけが心が狭いわけではなさそうだと、気を取り直し、なおも思いつくまま書き連ねた。

それらを、一日たって読み直す。「まあ、こんなとこかなあ」

二日たって読み直す。「不平不満の原因はいろいろある。自分だけがいつも正しいとはいえないなあ」

数日たって、「いまさらどうなるわけじゃなし、考えてもどうしようもないし」

結局、「私だって誰かを傷つけているやも知れず、自分で気づいていないだけかも」

謙虚な視線は、わだかまりの無益さを気づかせてくれる。その代わりに、この先、新たな重荷を抱えぬよう、控え目に、素直にを心掛け、小さな幸せの財《たから》で心を満たそうと思う。これで心がすっきりしたとはいえないけれど、これ以上方策がないと諦めることで肩の力は抜けたような、心の重荷も軽くなったような。

その結果残ったのがこの雑文集だとすれば、その効用はあながち捨てたものではないと

思えただけでも収穫である。

ほどよき物忘れ

《物忘れ》

ネガティブな感情は腹立たしさや悔しさだけではなく、ずっと抱え続けているあまたの悔いることも含まれる。時折胸にチクチクと痛みを感じるさまざまなこと。

こうなったらもう、忘れてしまうという奥の手に頼り白化《しらば》け（しらばっくれる）を決め込もう。「それじゃあ、てめえ、済むめいがな」と切られの与三さんに言われそうだが、ほかに方策は浮かばない。

と、わざわざ思い立つまでのこともなく、ご迷惑をかけた方々には申し訳ないのだけれど、無意識のうちに少しずつ忘れることで自分を許し、都合よく心の重荷を軽くしているのは確かのようだ。悩むことが多いと思っている割りには、こうしてなんとか恙なくやっているわけだから。

近頃本当に忘れっぽくなってと悩む一方で、人生の悩みも忘れさせていただいていると考えれば、老いの身にとって、「物忘れ」は喜ぶべき現象かも知れない。

だからといって、おおらかに受け入れて楽を決め込めばいいというものではない。やはり、「物忘れ」は事と次第で、日常生活に支障をきたす。

その日、私はどっさり買いものをしてスーパーの駐車場に行き、うろたえた。

「ない。車がない」

いくら見回しても見当たらない。

「ここ以外には停めるはずはないし。ひょっとして盗難……？」

ともかくキーをと、ポーチの中を見たら、自転車の鍵が。

「とすると、今日は自転車で来たんだ。ところで自転車は？」

自転車置き場をいくら探してもない。重い荷物をもてあまし、スーパーへ戻り、とりあえずカートに乗せて考える。いくら考えてもどこに置いたのか思い出せない。それになんでわざわざ自転車で来たんだろう？　落ち着いて、落ち着いてと自身に言い聞かせる。とにかく思い出さないことには。まずトイレに行こう。洗面台で手を洗いながら、鏡に映る何とも情けない顔をぼんやり見ていて、

「美容院だ！」

自転車はそこにあった。

駐車場のない美容院に自転車で来たことを忘れるなんて！

手にしたものを所構わず置き忘れ、しょっちゅう探しものに追われる時間の無駄。カレンダーの印の意味を思い出せずに動揺する。

歳のせいだなどと気を抜いていいというものではない。

《脳細胞を育む》

逃れることができないならば、よりよい「物忘れの仕方」を極めよう。

「磯田道史のこの人、その言葉」の中に、「おかしみの中に人生の深淵をのぞかせる」として、内田百閒《ひゃっけん》の言葉が紹介されていた
「（ドイツ語を）覚える先から忘れてしまいます」

と言う学生に百閒先生は、

「覚えたことを忘れまいとするその賤しい根性がいけない。忘れることなんか気にしないでただ覚えればいい。そもそも生まれた時からのことをみんな覚えていたら頭がおかしくなる」

と言ったとか。

そうですよね。忘れまいとするその料簡がよくない。自然に任せればばいい。

忘れることを心配するけれど、事柄を適当に選り好みしていて、楽しいことは何度も反《はん》芻《すう》して心の中に居場所を確保しているし、逆に不快なことはほどよく排除しているように思える。そもそも人間は、心身を痛めないようしたたかに作られていて、日常見え隠れする「物忘れ」は、低下した脳細胞の許容範囲を超えないよう、無理しなくていいんだよと、調節しているのかも知れないと都合よく考えれば前向きになれる。

とはいえ、許容能力アップに活路を見出さないことには、この先ますます下り坂となりそうだ。

「脳細胞は体のほかの細胞と違い、刺激を受けながら日々成長を続けます。つまり、使えば使うほど活性化するものなのです」と日野原重明先生も書いておられることだし（『94歳・私の証　あるがまゝに行く』）。

最近はやりの「ドリル」とかは面倒だし、「なんとか検定」とかはどうも意欲が湧かない。話題の漢字検定にしても、「薔薇」だとか「憂鬱」、「檸檬」など、何となく読めれば私は満足なのだから。

何よりも、目標を目指してがんばるなんて健気さは、とっくにどこかに置き忘れてきている。

新聞に、「趣味が認知症予防？」とあった。

日本福祉大学が愛知県内の高齢者二七二五人を五年間追跡した結果、趣味のある人はない人に比べて認知症になる確率が半分以下だったとか。

だからと言って、今更生き甲斐を求めて、何か始めたところで、面白さがわかるまで続くかどうか。元来、趣味・道楽は「～のために」ではなく、理由なくはまりこんでしまうのが自然なのだ。

忘れることが苦痛でなく、むしろ楽しく思えることって何だろう？

《忘れることの効用》

語学はどうだろうか。なまじ役立てようとか、上達しようとか、身のほど知らずの欲さえ持たなければ、こんなに気楽な脳トレーニングはないと思う。テレビやラジオ講座を利用できる手軽さがいい。

つまり、前述の百閒先生の、「賤しい根性がいけない」という言葉に沿い、覚えながら潔く忘れていけばいい。

先生はさらに、「学問はむしろ忘れるためにする。はじめから知らないのと、知ったうえで忘れるのでは雲泥の差がある」とか。

私の場合、学問などと大それたことは脇に置くとして、どうせならマイナーな言語のほうがよい。学習人口が多いとつい比較したり、焦ったり、よろしくない。

さらに日常、滅多に役に立たないほうがより望ましい。役立つ要素が身近にあると、つい気にして落ち着かない。

というわけで、スペイン語に再チャレンジしてみよう。

以前、一年余りスペインに住んだことがあった。海辺の小さな村では、公共の場以外は英語はまず通じない。「窮すれば通ず」で、スペイン語でなんとかやっていた。帰国後も、行き来の縁があり、語学学校、ホームステイと、数年間かなり身近に触れていた。

だが、必要がなくなった途端、瞬く間に忘れた。若い時に身に付いたものと違い、五十歳で学び始め、無理矢理詰め込んだものは、維持する努力をしない限り、小気味よいほど忘れて行く。不必要なものは体から勝手に抜けて行くという感じがぴったりする。

でも、時折耳に入る、歌詞や言葉の断片に無意識に反応した時、ハッと感動が走る。思わず、「あれ? まだわかるみたい」と、単純に喜びが広がり、「聞き取れた」、ただそれだけのことに顔が紅潮するほど気持ちが昂ぶる。その感動も長続きはしないけれど。

十余年ぶりに、持ち帰った料理の本や童話などパラパラと目で追ってみると、行間のあちこちから語句が鮮烈に訴えかけてくる。

「あ、そうそう、そうだった」

一語をきっかけに次の一語が意味を蘇らせる。記憶の底に沈んでいたものを再び手にする楽しさは格別の感がある。

これぞ、忘れたからこそある、「楽しみ」の姿かも。

忘れることは、また手に取り戻す喜びの布石と思えば、歓迎すべきことである。

私はたまたま「言葉」を思い立ったけれど、昔入門して縁遠くなった「稽古事」など年月を経て改めて向き合ったら、思いがけない魅力に気がつくかも知れない。

「～のために」などと気負うと、期待に沿わない場合、かえって厄介だ。

前述の日野原先生はこう続けておられる。

「人間の脳は適度なストレスがかかると活性化する。ただし、よくないストレスや過度のストレスは、かえって脳の働きを弱めるようです」

そういう時は、さっさとやめればいいだけのことだから気楽なものである。

以前、ほんの思いつきで始めたあれこれ。

手にしてみて意外な発見があれば、せっかくの体験を無駄にせずに済み、喜ばしい。

百閒先生はさらに続ける。

「学問がその人に効果を発揮するのは忘れたあと。学問をするのにすぐ役に立つかということばかり考えるのは堕落の第一歩だ」とか。

「フランス語を話せることでなく、フランス語の辞書の引き方を知っているというのが教養というものである」

そんなような言葉を、たしかボーボワール女史の本で知ったような。

一応、理屈の筋道は立った。

現実問題は、脳活性トレーニングに、私はいまだ取りかかっていないことである。

《忘れ上手》

忘れることを必要以上に気に病むことはない。思い出す手段を講じておけばいい。

思考を言語化すること。そして文章化することに手をこまぬいてはいけない。

その時確かに記憶したつもりでも、実際は記憶したと思っただけなのである。

本を読みながら、記憶に留めたい箇所に付箋をつける。内容によってはかなりの枚数になる。ここからが大切で、日数を経ないうちに、私の「本のノート」になるべく詳しく書き写し、理由も書いておく。

あとになって付箋箇所を見直しても、たいていの場合、どの語句に、どの文章に引かれたのか思い出せない。その時に何か思うことがあって、付箋をつけたはずなのに、その時点で関心を持っていた事柄すら思い出せないのだから。

カレンダーに予定の印をつける。キーワードを書き込むことで安心してはいけない。若い時は、キーワード一つで詳細を手繰り寄せられたものだが、今は違う。日時の経過でメモは意味を持たない単語と化す。市役所とか銀行とか。何かなすべき用があったはずなのに。

「えーと、何だっけ」

「書類だか、印鑑だか持って行くって言ってたよ」

と夫。

単語の羅列ではなく、予定は詳しく文章にして日付の横に貼り付ける。

手紙を書きながら、もっとうまい言い回しはないものだろうかと思案する。気になる箇所があるとなかなか封ができない。台所でまな板に向かっている時、突然ひらめく。

「これだ。こう言えばいいんだ」と、上機嫌はここまで。あとでその絶妙と思えた言葉が思い出せない。

その場で、濡れた手を拭いてメモし、ポケットにねじ込む以外ない。寝入りばなに「俳句」の手直しが浮かぶ。

「すごい。常とは違う名句だわ」

翌朝、昨夜は気分よく眠りについたけど、何を考えていたんだっけ。「名句」に気をよくして安眠したことを忘れている。その俳句？　思い出せない。

忘れて困ることは、とにかくきちんと書いて置くに限る。「この程度なら覚えていられる」と見くびらないことが肝要だ。

無駄な抵抗はせず、上手に忘れて気を楽に過ごしたいと思うのである。

肝に銘じつつも、つい手を抜き、後悔の繰り返しではあるが。

立つ鳥、後を濁さず

便りをもらうのは嬉しい。持て余さない財物《たからもの》として挙げたものの、それらもやはり積もり積もって、箱や引き出しの中で忘れられていってしまうのはやるせない。

それぞれちゃんと見届けてあげないことには心残りだ。

季節の消息のやりとりといったものは、最終のものを残して整理することを許していただこう。

清少納言の言うような、時に適ってしみじみと感じたものはいつまでも手元に残しておきたい。しかし、それとても、先方が鬼籍に入られたら丁重にお別れをする。。そうしたからといって心の中の思い出まで消えてしまうものではない。

粗末な住まいを含むわずかばかりの使い残しの資産は社会にお返しすることにしてと。

（未来につながる子供たちのために役立ってほしいな）

さてこの身、風になるか、樹木になるか、海に同化しようか。私としては、タンポポの綿毛のようにふわりと風に任せて広い空のかなたへ消え失せてしまえれば面倒はないが、そう都合よくはいかない。

五十歳の時、夫と愛犬としばらく外国暮らしをすることになった折、最初に考えたのは、現地で不測の事態になった時のことだった。

「そうなったら、海がいい。世界中の海はつながっているから故国にいることと同じ」と、本気で考えた。何が何でもお墓にというこだわりを払拭するいい転機だったと思う。

日野原重明先生は、

「日本の緑化や自然保護に少しでも貢献できる樹木の碑となって、そよぐ風を受けていこうと思っているのです」

と書いておられる（『94歳・私の証　あるがま、行く』）。

自然に回帰して、森羅万象の仕組みの中に溶け込んでしまうのがいいな。

宮崎駿監督のアニメの、そこここにちりばめられた「もののけ」や「精霊」たち、漫画家水木しげるさんの「魑魅魍魎《ちみもうりょう》」や「妖怪」たちにそこはかとない郷愁を覚える。

万物には皆、神や精霊が宿り、私たちの日々の生活と綾をなしているとする「アニミズム」の自然崇拝の文化は、意識せずとも私たちの遠い祖先から脈々と受け継がれていて、それらに懐かしさや親しみを感じる感性は、自然に育まれているんじゃないだろうか。

墓地やそれに伴う諸々の管理を、今後もずっと続けてゆけるのかとなると、確証はない。あれこれとりとめもなく、先のことを思い巡らしながらふと我にかえり、「こうしている今、ともかくも私は生きているのだなあ」と唐突に思うのである。

心の拠所《よりどころ》と身の置き所

今あるこの私、心と我が身、これればかりは生きている限りありのまま受け入れるしかない。人様のためになる生き方などとはいかないまでも、せめて疎まれないように我が身を律したいものだ。

諺にもある通り、ひとりの占める広さは、せいぜい「起きて半畳、寝て一畳」ほど。必要以上の富貴を追い求める愚を諭している。

それにつけても、心に浮かぶのは、「行く河の流れは絶えずしてしかももとの水にあらず」で始まる「方丈記」である。

淀みに浮かぶ水の泡のごとくで、いつまでも同じ状態を続けているという例《ためし》はないとし、「世の中にある人と栖《すみか》と、またかくの如し（世の中に存在する人と住まいとは、やはり同じくこのようなものである）」

世の無常とはかなさを水の流れや朝顔の花と露にたとえて説いてくれる。

鴨長明は、都で暮らした時の五つの大災害（二十三歳から三十一歳までに体験した大火、辻風（竜巻）、福原遷都と京への還都、大飢饉、大地震）を通じて、この世の生きにくさ、「人」と「栖」のはかなさを悟り、「人が安らかに生きるにはどうすべきか」を探究したのである。五十歳で出家・隠遁し、六十歳で自分のためだけの一丈四方（四畳半くらい）の庵を造り、隠棲生活を送る。

和歌と琵琶に自らを慰め（歌人であり、琵琶の名手であった）、山守の子で十歳ばかりの小童《こわらわ》を友とし、つれづれに遊び歩きをする。山中の趣は四季折々尽きることはなく、心穏やかな草庵生活の閑居を愛する意義を語っている。

「そもそもこの世界は心の持ち方一つである。心が安らかでなかったら、象や馬、七宝があっても意味がないし、宮殿、楼閣があっても希望はもてない」と、世間のわずらわしいことに奔走する都の人たちを気の毒に思うのである。

特に厳しい信条を持って生活しているわけでもない私であるが、心こそが最後に残される拠所《よりどころ》という点に引き込まれ、読み続ける。

しかし、長明が、自らの一期の終わりを目前にする中で、最後に得た思いは、「仏の教へ給ふおもむきは、事にふれて執心なかれとなり（仏の教えに従えば、何につけても執着する心はもってはならない）」
「今草庵を愛するも咎《とが》とす（今こうして草庵を愛することも罪科とする）」
とし、寂しくも静かな境地に執着するのも往生の妨げとなると、閑居の楽しみは要なきこと言い切るのである。

静かな暁、この道理を考え続けながら、求道の迷いを自分の心に問いかけてみるが、心は答えてくれない。そこでただ、阿弥陀仏の名を二、三度申しただけで終わりにしてしまう。
「仏の教え」の知識もそれを推し測る素養も持ち合わせていない私には、その真髄を明確に汲み取ることはできないながらも、タンポポの綿毛の無心なたたずまいに寄せる心模様は、おぼろげながら通じるものと思うのは、自惚れであろうか。

今の私は、いまだ、快楽に未練があり、自分に不都合なことには心を乱し、しがらみに身を漂わす。

それでも、できる限り、心を穏やかに、この身は慎ましく、残された日々を送りたいと改めて思う。

あとがき

こうしたら、ああしたら、もっと健やかな気分で老後を過ごせるのではないか。ああでもない、こうでもないと考えてもきりがない。行動力の低下はかわりに悩む時間をもたらしてくれたものの、「下手の考え休むに似たり」とはよくいったもの。

それでも、今まで生きてきた経験を駆使すれば万事なんとかなりそうと、たかをくくっていたが、現実はそう簡単にはいかない。

毎日迎える局面は、いわば、日々未知なる領域に踏み込むわけで、「あ、老いるとはこういうことなんだ」と、初めてその時に気づく。

六十代はかくして過ぎようとしている。

七十代はどんな展開を見せるのだろうか。八十代はどんな感じ方の中にいるのだろうか。

老いを実感し始めた六十代のつかみどころのないおぼつかなさ、定かな理由のないやるせなさ、何もかもどうでもよいような無力感。

この切なさはどこからくるのだろう。

それらを引き摺りながらのこの先の人生ではもったいない。

今日まで年を重ねられた幸せを思い、よりよく生きるには、何事も前向きに明るく捉えるよう心がけるにこしたことはない。心が揺れ乱れたら、ことさらよりよい着地点へと思いを巡らそう。災いと見えることでも「塞翁が馬」で吉兆に転じるかも知れないし。まず自分自身が幸せを感じ、それを周りに振り撒こう。

志も高く、老人街道を踏みしだかず、踏み分けて行くとしよう。

戸惑いながらも、六十代の自分はどんな心地でいるのか、とりあえず思いつくままに綴ってみた。

ずっと先の更なる老いの心情は、「老いることに過度に神経質になっていたが、たいして心配するほどのことじゃないじゃないか」と思えるような生き方をしているかも知れないと、ほのかな期待を寄せてみたりもする。

当たり前のことだけれど誰にでもやってくる老い。受け入れつつも揺れ惑う心模様を中央公論事業出版さんが一冊にまとめてくださいました。制作編集のスタッフの皆さんに心からお礼申し上げます。

著者略歴

タローのママ。主婦。
本書カバー・本文の絵やカットも描く。
著書『老犬タローストーリー』『雑種犬タローストーリー』
『愛犬タローストーリー』（中央公論事業出版）

タンポポ――綿毛《わたげ》の心《こころ》模様《もよう》

2011年3月15日初版印刷
2011年4月1日初版発行

著　者　太《おお》田《た》英《はな》恵《え》

制　作
発　売　中央公論事業出版

〒104-0031　東京都中央区京橋2-8-7
電話 03-3535-1321　URL http://www.chukoji.co.jp

印刷・製本／藤原印刷　　装丁／竹内宏江

ISBN978-4-89514-365-3　C0095
定価はカバーに表示してあります。

落丁本・乱丁本はお手数ですが小社宛お送りください。
送料小社負担でお取り替えいたします。